大河の剣（二）

角川文庫
22426

目次

第一章　黒船騒動

一

嘉永《かえい》六年（一八五三）、浦賀《うらが》――。

点々と雲は浮かんではいるが、穏やかな青空がのぞいている。海鳥の声とともに鳶《とび》が気持ちよさそうに舞っていた。のどかな空である。

しかし、その空の下は喧噪《けんそう》としていた。

浦賀沖には煙を上げる四隻の黒船が浮かび、海岸には物々しい出《い》で立ちの武士たちが集結している。両者はあたかもにらみ合っている図である。

海岸にいるのは海防の任にあたる武士《もののふ》たちだけではない。近隣の農民や町人、そして神奈川《かながわ》や江戸《えど》から参集した見物人たちが、岸辺や小高い山にたかっていた。

「下がれ下がれ、来るでない！」

海岸に近づこうとする見物人たちを、槍《やり》を持った侍が人払いをしていた。侍は手甲脚絆《きゃはん》に草摺《くさずり》に佩楯《はいだて》、兜《かぶと》代わりに韮山笠《にらやまがさ》という具足姿である。そんな侍が黒船の浮かぶ海を取り囲むように配置されていた。

波打ち際には数え切れない大小の舟が浮かび、浜にはいくつもの幔幕《まんまく》が張られ、浦賀奉行所の役人と、海岸警備にあたっている川越《かわごえ》藩兵が海上の黒船の動きに注意の目を光らせたり、上陸を阻止するための木柵《もくさく》を作ったりしている。

また応援部隊として駆けつけてきた諸藩の兵も増えつつあり、いまや海岸沿いには二千人ほどの藩兵が海上に浮かぶ黒船の動きに警戒の目を光らせていた。

狭い砂浜には槍隊と鉄砲隊が居並び、要所要所に大砲が据えられていた。だが、大砲は数門しかない。

対する黒船は舷側《げんそく》にいくつもの砲門をのぞかせている。煙突から黒煙を吐き出すその船の大きさは、千石船（約一〇〇トン）の二十倍以上もある。

この時点で幕府側の知るところではなかったが、黒船の内訳は、旗艦のサスケハナ号以下、ミシシッピ号、サラトガ号、プリマス号であった。サスケハナ号とミシシッピ号が蒸気船で、他の二隻は帆船である。

野次馬を押しのけて前に出た山本大河《やまもとたいが》のそばで、指を折りながら数えている男がいた。

「四の五の六の……」

「ほう、二十七、いや二十八門、ここから見えぬところにも備えがあるだろうから、全部で六十六門……。こりゃあかなわぬな」

首を振りながらあきれ顔をする男の横にいる連れが、

「勝てませぬか？」

と、問うた。

「勝負にならぬであろう」

あっさり返答する男は、総髪で細面、齢《とし》は四十ぐらいであろうか。連れのほうも総髪だが、年は二十代前半と思われた。しかし、二人とも聡明《そうめい》そうな面立ちだ。

「失礼ながらお訊《たず》ねいたしまする」

大河は近づいて声をかけた。同時に二人が顔を向けてきた。

「いま負けるとおっしゃいましたが、どういうことでしょう？」

二人は顔を見合わせ、年嵩《としかさ》のほうが口辺に嘲《あざけ》るような笑みを浮かべた。

「あの黒船には大砲が備わっている。軍艦というやつだ。この海岸に撃ち込まれたらひとたまりもない。警固についている藩兵はいるが、なんの役にも立たぬだろう」

「役に立たぬ……」

「鉄砲もあの船には届かぬ。大砲の備えもあるが、果たして命中するかどうかあやしいものだ」

大河は口を引き結んで相手をにらむように見た。

「戦がはじまるのですか？」

「はじまったら終わりだ。まずは浦賀奉行が話し合いをしなければならぬ。戦になるかどうかは、それからのことだ」

「黒船はどこから来たのです？」

「さあ、どこの船やら……アメリカかそれともロシアか……」

相手はそう言ったあとで、「そこもとは？」と、問うた。

「山本大河と申します。江戸にて剣術修行をしている者です。あなたたちは？」

「こちらは佐久間象山《さくましょうざん》先生だ。わたしは吉田松陰《よしだしょういん》と申す」

若いほうが答え、

「先生、いかがされます」

と、象山を見た。二人とも大河と同じように急いで見物に来たらしく、旅装束ではなかった。腰に大小を帯びているが、供連れもないので幕府の役人ではないようだ。しかし、松陰は象山を先生と呼んだ。

「佐久間様は何の先生でございましょう？」

大河はもしや剣術家ではないかと勘ぐった。

「先生は砲術家であり兵学者でもあらっしゃる。木挽《こびき》町には塾をお持ちだ。わたしはその弟子だ」

「松陰、浦賀奉行に会ってみよう」

象山はそう言うと、急峻《きゅうしゅん》な崖道《がけみち》を用心しながら下っていった。

大河は浜辺に下りていく二人を見送りながら、沖合の黒船に視線を移した。象山は黒船の装備している大砲を六十六門と推定したが、実際は七十三門であった。

（砲術家であり兵学者……）

大河は心中でつぶやくと、もう一度崖下に達した象山と松陰に視線を戻した。二人は海岸警固にあたっている藩兵に止められたが、短いやり取りのあと、幔幕の張られた陣屋のほうに歩いて行った。やがて、その姿は藩兵に紛れて見えなくなった。

（よし、おれも……）

大河は象山と松陰のあとを追うように崖を下りていった。ときどき立ち止まってあたりを眺めた。海岸沿いには警固の兵が居並んでいるが、崖上や海岸から離れた場所には、数え切れないほどの野次馬たちが群がっていた。

崖下に下り、砂浜に足を向けたとき、槍を持った具足姿の男たちが四人立ち塞《ふさ》がった。

「なにをしておる。近づいてはならぬ」

相手は威嚇してきた。

「わたしは邪魔をしに来たのではない」

大河は言い返したが、

「危ないから下がっておれ。来てはならぬ」

と、相手は槍の柄を使って追い返そうとする。

「わたしは川越の出である。ここの警固は川越藩松平家《まつだいらけ》の方たちでござりましょう」

「だからどうしたというのだ。家中の者でないやつを通すわけにはいかぬのだ。ええい、下がれ下がれ」

取りつく島もないが、大河は自分が藩の剣術指南役を務めていた秋本佐蔵《あきもとさぞう》の弟子で、江戸藩邸には何度も顔を出している。なにかの役に立ちたいと申し出たが、首は横に振られるだけだった。

「おい、なにを揉《も》めておるんだ」

新たな声とともに近づいてきた川越藩士がいた。その顔を見たとたん、大河は目をみはった。相手も気づき、驚き顔をした。

「なんだ、大河ではないか」

「広瀬《ひろせ》様」

やってきたのは、徒頭《かちがしら》の広瀬伊織《いおり》だった。

二

「戦がはじまるのですか？」

大河は物々しい具足姿の伊織を見て聞いた。

「そうなるのはよろしくない。お奉行らがいま頭を抱えて思案されているところだ。それより、こっちへ」

伊織は大河を押し返すようにして、浜から離れた木の下に連れていった。

川越藩江戸藩邸において、剣術指南役を務めていた秋本佐蔵の弟子であった。伊織も大河は佐蔵の内弟子だったので、伊織と何度も会っているし、稽古《けいこ》をつけてもらったこともある。

「いったいなにをしに来たのだ？」

「黒船が来たと江戸中で騒ぎになっています。いったいどんな船なのか、わたしも見ておきたいと思っただけです」

「野次馬ではないか」

伊織は顔をしかめて、短く嘆息した。

「この先どうなるかわからぬが、とにかく江戸に帰るのだ」

「わたしにできることがあればやります」

「いらぬことだ」

伊織は切り捨てるように言って言葉をついだ。

「援軍はある。見物の野次馬が増えれば、いざとなったとき邪魔になるし、足手まといになる。だが、戦にはならぬはずだ。さような話し合いをすることになっている」

「相手はどこの国です？」

「アメリカだ。昨日、向こうの船に乗り込んで話し合おうとしたが、追い返されている。これからもう一度掛け合うことになっているが、先方がどんな考えなのかわからぬ」

「広瀬様が話し合われたのですか？」

「まさか、わたしごとき下役の出る幕ではない。そうは言っても、掛け合いに行ったのは奉行所詰めの与力と通詞ではあったが……」

伊織はそう言って沖合に浮かぶアメリカの軍艦を眺めた。大河も釣られたように海に目を向けた。黒船からもくもくと上がる煙が、風に流されている。甲板に人の動く姿がある。遠眼鏡で浜の様子を窺《うかが》っている者もいる。

「軍艦に乗り込んでの斬り合いになるなら、わたしも助《すけ》をいたします」

大河は肚《はら》をくくった顔で伊織に言った。

「……人を斬ったことがあるのか？　それに、相手は鉄砲を持っている。乗り込む前に撃たれて殺されるのが関の山だ。悪いことは言わぬ、江戸に戻るのだ。ここにいてもなんの益もない」

「役に立つことはありませぬか？」

「同じことを何度も言わせるな。さ、わたしは行かねばならぬ。また、江戸で会おう」

伊織はそのまま警固に就いている藩兵らの元に戻っていった。

その姿を見送った大河は、藩兵に文句を言われない距離を取って浜の東へ移動した。そちらのほうが、黒船をよく見られそうだからだ。

四隻の黒船は浦賀湊《みなと》から北東方向にある、鴨居《かもい》湊の沖に投錨《とうびょう》しているのだった。

鴨居湊は丘陵が海まで迫っている場所で、小さな入り江に浦賀奉行所の者と川越・忍《おし》両藩の藩兵が詰めている。その他に、江戸から駆けつけてきた熊本・萩《はぎ》・柳川《やながわ》・岡山の各藩の藩兵もいた。

また、大河は浦賀まで来る間に、品川《しながわ》や神奈川の海岸にも警固の兵が配置されているのを見ていた。とにかくたった四隻の黒船のおかげで、江戸湊の海岸線に諸藩の兵が送り込まれ、目を光らせているのだった。

（いったいどうなるのだ）

大河は小さな岬の突端まで行って黒煙を吐く軍艦を眺めた。浜辺に打ち上げられた魚のように浦賀奉行所の舟が百数十隻並んでいるが、その大きさは黒船と比べようにもない。

大河は軍艦の上でうごめく人をにらむように見た。そうやっているうちに、得もいえぬ熱い感情が湧き上がってきた。

（倒すべき相手は異国にもいるということか……）

大河は日本一の剣術家になるという大望を胸に秘めているが、その思いが異国の地に向けられようとしているのだった。

そのとき、はたと思い出したことがあった。高柳又四郎《たかやなぎまたしろう》との立ち合いが迫っているのだ。その日まで三日しかない。又四郎はかつて中西派《なかにしは》一刀流《いっとう》中西道場の三羽烏《さんばがらす》の一人で、「音無しの剣」を使う手練《てだ》れである。

又四郎に勝てば、自《おの》ずと大河の知名度が上がり、出稽古《でげいこ》で少なからず稼ぐ道が拓《ひら》ける。内職をしなければ暮らしてゆけぬ大河にとって、又四郎との勝負は大事な一戦だった。

(こんなところで油を売っている場合ではないか……)

伊織に言われたように帰ろうと思い、岬を離れかけたときだった。近くの松林の陰から知った男が姿をあらわした。

「なんだ」

大河が立ち止まって目をみはれば、相手も驚き顔をした。

「これは山本さんではありませんか？　いったいいつこちらへ」

相好を崩して近づいてくるのは坂本龍馬《さかもとりょうま》だった。

その背後にもう一人年嵩《としかさ》の大男がいた。

「今日来たばかりだ。なんだ、おぬしも黒船見物に来たのか？」

「まあ、そんなところですが、ちょいと抜け駆けをしておりまして……」

龍馬はばつが悪そうな顔をして、連れの男を振り返った。

「武市《たけち》さん、こちらは玄武館《げんぶかん》の山本大河さんです。鍛冶橋《かじばし》道場で稽古をつけてもらっているんです」

「ほう、そなたであったか。武市半平太《はんぺいた》と申す」

武市は色白の美男子であった。年は大河より四、五歳上に見えた。しかし、二人とも手甲脚絆《きゃはん》に具足胴に佩楯《はいだて》をつけている。

「抜け駆けと言ったが、どういうことだ？」

「藩邸からのお指図で品川の警固に向かったのですが、騒がしている黒船を見とうなりまして……」

へへッと、龍馬は笑みを浮かべる。龍馬は土佐《とさ》藩邸に寄宿しているのでこの騒ぎで駆り出されたのだろう。

「武市さんも……」

大河は武市半平太に顔を向けた。

「うむ」

武市は短く応じて岬のほうへ足を向けた。龍馬があとに従う。大河も釣られて、後戻りする恰好《かっこう》になった。

「たった四隻の黒船で右往左往だ。いま頃、城中は慌てふためいておるだろう。おそらく幕府は親書を受け取るだろう」

武市は黒船を見ながら言う。

「そんなことをしたら幕府の威信に関わりますよ」

龍馬が言葉を返した。

「覚悟のうえだ。受け取ってそのまま打っちゃっておけばすむことだ」

大河には龍馬と半平太がなにを話しているのかわからない。

「親書というのはなんです？」

大河が問うと、半平太が顔を振り向けてきた。

「浦賀奉行はあの船に使者を遣わしたが、敵は高位の者でなければ話し合えぬ、それがかなわぬなら江戸湊へ深く入り、将軍へじかに親書をわたしたいと言っている」

「なぜ、そんなことをご存じなのです？」

大河の疑問に答えたのは、龍馬だった。

「品川の警固に就いているとき、浦賀から早舟が出されたのです。明日にでもお上の返書が浦賀奉行様に届けられるはずです」

龍馬がそんなことを知っているのが、大河には解せなかったが、おそらく品川の警固にあたっている上役あたりから聞き出したのだろう。それともこの武市半平太という男は藩重臣なのか。

「武市さんは、土佐藩の方とお見受けしますが……」

答えたのはやはり龍馬だった。

「さようです。此度《こたび》、藩命で西国に赴かれる手はずになったのですが、辞退されましてね。この先のことを憂いておられるのです」

「龍馬、余計なことだ」

龍馬は武市に窘《たしな》められたが、平気な顔で話を変えた。

「武市さん、山本さんは道場の師範代をやってらっしゃるんです」

「ほう、さようか」

武市が顔を向けてきた。

「山本さん、武市さんも一刀流を修めておられるかなりの剣術家です」

「一刀流ですか」

大河はまたもや高柳又四郎との立ち合いを思い出した。又四郎は中西派一刀流の手練れである。

「これからいかがされるのです？」

龍馬が聞いてくる。

「江戸に戻らなければならぬ。おぬしに勧められた、出稽古をつけるための立ち合いがあるのだ」

「相手は？」

「高柳又四郎さんだ」

聞いた半平太が眉《まゆ》を動かして大河を見た。

「中西道場の三羽烏の一人ではないか。土佐にもその名は聞こえている。ほう、高柳さんと立ち合いをのぉ……」

「負けるわけにはいかぬのです。坂本、おぬしはどうするのだ？」

「ひとまず品川に戻ります」

そう言う龍馬は、武市と品川から馬でやってきたと付け足した。

「馬なら造作もないな。とにかく急いで戻らねばならぬ」

大河はその場で龍馬と武市と別れたが、もう日は落ちかけていた。江戸まで約十八里。一日で帰ることはできない。しかし、海沿いの道を辿《たど》ればいくらか距離を稼げるのではないかと思い、大河は足を急がせた。

三

「お侍、そろそろ起きねえか」

声をかけられ、腰を揺すられて大河は目を覚ました。

一瞬、そこがどこだかわからなかったが、昨夜、海岸沿いから山道を辿って迷い込んだ村の家だった。

家の主《あるじ》は漁師で、そこは浦郷《うらのごう》という村だった。主の名は次助《じすけ》と言い、一晩泊めてくれないかと頼むと、雑魚寝《ざこね》ならかまわないといって心やすく家のなかに入れてくれたのだった。

「もう朝か……」

大河は寝ぼけ眼で次助に言って、表に目を向けた。夜明け前の光が庭に落ちており、小鳥たちがさえずりはじめていた。

「江戸に向かうと言われたが、あっしはこれから漁に出ます。よかったら途中まで乗せて行きましょうか。陸を歩くより、舟のほうが早いですぜ」

「そうしてもらえるならありがたい」

「それじゃ支度……と言っても、なにもねえか」

次助は着の身着のままで来た大河を見て苦笑した。

「浜は黒船騒ぎですが、お侍は見てきたんでしょう。まさかこっちへ来て大砲なんかぶっ放しはしないでしょうね」

「その心配はないはずだ。あの軍艦は浦賀にじっとしておるはずだ」

「それなら出かけましょう。あっしには異国の船かなんか知らねえが、関わりのねえことですから。おい、婆さん飯はできてんのか？」

次助が土間奥の台所に声をかけると、しわくちゃ顔の女房が、できてるよと言って色のあせた風呂敷包《ふろしきづつ》みといっしょに竹の水筒をわたした。

大河は世話になった礼を女房に言うと、そのまま次助といっしょに浜へ行き、舟に乗せてもらった。波の穏やかな海は、夜明け前の仄《ほの》かな光を受けていた。

「どこまで行ってくれるのだ？」

「横浜《よこはま》村のあたりでようございますかな。それより先はちょいと遠出になるんで勘弁願います」

次助は櫓《ろ》を漕《こ》ぎながら、手鼻をかんだ。

「横浜村は東海道《とうかいどう》に近いのか？」

「神奈川宿のそばですよ。待ってくだせえ」

次助は帆柱を立て、帆を張った。帆はすぐに風をはらみ、舳《みよし》が波を切りはじめた。

「飯でも食いますか。じきに着きますから」

大河は次助の女房が作ってくれたにぎり飯を頬張った。海岸に目を向けるが、警固の藩兵の姿はなかった。沖合も穏やかで、遠くに房州《ぼうしゅう》がぼんやり影を作っている。にぎり飯を食い水を飲んだ頃に、日が昇り、東雲《しののめ》が黄金色に染まった。異様な音を聞いたのはその直後だった。

南の海上に目を向けると、紗《しゃ》をかけたような白く濁った海霧の奥から大きな船があらわれた。

「なんだ！」

次助が驚いて立ち上がった。大河は昨日見た黒船だとすぐに気づいた。

「黒船だ。あれが昨夜話した軍艦だ」

大河はなぜ黒船が動いたのだと思った。しかし、やってくるのは一隻だけである。他の黒船の姿はなかった。煙を吐きながら近づいてくるのはミシシッピ号だった。

「お侍、黒船のそばにも船がいますぜ」

大河が目を凝らすと、たしかにミシシッピ号のそばに数隻の小船があった。これは測量艇であった。

「でっけえ船だ。あんなでっけえ船を見たのは初めてだ」

次助は舷側《げんそく》に両手をついて驚嘆したようにつぶやく。

「いったい、なにをするつもりなのだ」

大河は疑問を口走りながら、我知らず刀の柄《つか》に手を添えていた。アメリカの軍艦だとわかっていても、相手がどういう出方をするかわからない。大河は緊張を禁じ得ず、顔をこわばらせていた。次助も化け物でも見ているような顔のままだ。

朝日が帯となって海を走り、あたりがあかるくなったとき、ミシシッピ号は帆を下ろし、船足を緩め、やがて静かに止まった。

船上には三本の帆が風を孕《はら》んでいた。煙突から黒灰色の煙がもくもくと出ている。近くにいる数隻の測量艇が、ミシシッピ号のまわりを動きまわり、しばらくすると舳《みよし》を変えて、引き返していった。

それを追うように、ミシシッピ号もゆっくり船首をまわしはじめた。

「お侍、引っ返すようですぜ」

「次助、舟をあの黒船に向けろ」

次助は目をまるくして驚き、どうするってんですと聞く。

「おれが乗り込んで相手の言い分を聞くんだ」

大河は本気だった。

「そんな馬鹿なことできっこねえでしょ」

「やるんだ。次助、舟を漕げ！　黒船に近づけろ！　行け、行くんだ！」

大河がそう言った直後だった。ギギギッといびつに軋《きし》る音が海をわたってきた。なんの音だろうかと思ったとき、黒船が大きな爆発音を海に轟《とどろ》かせた。

ドーンという大音響は、海に広がり、空にひびき、大河の鼓膜をつんざかんばかりだった。

「撃ちやがった！　お侍、黒船が撃ちやがった！　ひゃあー」

次助は「くわばら、くわばら」と言って、舟底に這《は》いつくばった。大河は雷にでも打たれたような顔で両手で舷側をつかんでいた。

しかし、黒船は何事もなかったかのようにそのまま船首を切り返し、ゆっくり去って行った。

「へッ」

大河が横浜村あたりの海岸に降り、その後神奈川宿を経て江戸に急いでいる頃、本牧《ほんもく》で警固にあたっていた鳥取藩は、黒船が空砲ではあったが発砲したことに驚き、即座に使者を江戸に走らせた。

その日の午後、黒船が浦賀から神奈川沖まで進入し、大砲を撃ったという知らせは、幕府を震撼《しんかん》させた。

当初（六月四日）、浦賀奉行所からの知らせを受けた幕府は、親書をわたしたいというアメリカの意を汲《く》むか、拒否するかの協議を行っていた。

このとき将軍徳川家慶《とくがわいえよし》は病に臥《ふ》せっており、老中首座阿部正弘《あべまさひろ》を中心に評定が繰り返され、断固拒否しようという意見が大勢を占めていたが、黒船の江戸湊《みなと》進入と発砲というアメリカの強硬姿勢を知り、

「国書を受け取るだけならしかたあるまい」

「直ちに退帆してくれるならば、ここは枉《ま》げて相手の意にまかせるしかあるまい」

「後事はそれからであろう」

などと、弱腰論が多くなり、結果、黒船を率いるペリー提督の久里浜《くりはま》への上陸を許可し、浦賀奉行戸田氏栄《とだうじよし》と井戸弘道《いどひろみち》に会見させることにした。

その会見が行われ、浦賀奉行がペリーからアメリカの国書を受け取ったのは、六

月九日であった。

四

浦賀で黒船を目の当たりにし、空砲を撃った瞬間を間近で見た大河が、西紺屋町《にしこうやちょう》の長屋に戻ったのは、六月六日の深更であった。

四日の朝、江戸を発《た》ち野宿ののちに浦賀で黒船を見、海岸沿いの狭い隘路《あいろ》を駆けるように急ぎ、途中漁師の次助に世話になったが、その後は東海道を再び急いで戻ってきたので、疲労困憊《こんぱい》していた。

だが、目を閉じてもすぐには寝つけなかった。神経が高ぶっているのか、目を閉じても黒船の姿が残像のように頭に浮かぶのだ。それに、海岸の警固をしていた諸藩の藩兵の姿も思い出される。

韮山笠《にらやまがさ》や陣笠《じんがさ》を被《かぶ》り鎧《よろい》具足で身を固めた兵は、浦賀へ行くときより帰ってくるときのほうが多くなっていた。神奈川宿でもそうであったが、品川から江戸湊の鉄砲《てっぽう》洲《ず》あたりまで、諸藩から駆り出された藩兵がひしめくように、海に警戒の目を光らせていた。

大河の知らぬことであるが、このとき駆り出された藩士の数は五十万余を数えていた。

無論、江戸市中も騒然としており、人々は口々に黒船の話をしていた。瓦版《かわらばん》は風に吹かれて路端に落ちており、大河はその一枚を拾って読んでいた。

読売屋がどこで話を仕入れてくるのか知らないが、黒船の数やその偉容などは大河が目にしたものとほぼ同じであった。

だがそのことより、大河を静かに興奮させているのは、あの黒船に乗っていた異人たちのことである。遠目であったが、腰に刀らしきものを差している者がいるのを見たのだ。

その異人がどんな剣術を使うのか知らないが、おそらく自分の知らない手練《てだ》れがいるに違いない。そんな異人の技を知りたい、見てみたいと思う一方で、いずれ日の本一の剣術家になった暁には、異国の者を相手にしなければならないと考えるのである。

（ともあれ、まずは高柳又四郎殿を……）

立ち合いの日が迫っていることにわずかな焦りを感じ、寝返りを打って深い眠りについた。

表から雀のさえずりといっしょに長屋の連中の声が聞こえてきたのは、だいぶ日が昇ったあとだった。目を覚ますと、腰高障子があかるくなっていた。

（いかん、寝過ぎた）

大河はさっと夜具を払って半身を起こした。子供の頃から野山を駆けまわり、素振り千本、打ち込み千回の鍛錬をしてきた壮健な体は、昨日の疲れを残していなかった。

しかし、腹が減っている。起き上がったと同時に、グゥと腹の虫が鳴いたのだ。

表に出て井戸端で洗面をし、乱れた髷《まげ》を水で整えると、家に戻った。蠅が飛びまわっている。居間には夜具といっしょに内職にしている傘張り道具と、骨だらけの傘が束ねてあった。

それを見た瞬間、大河は現実に引き戻された。

いつまでも内職で暮らしを立てるような男ではならぬと、口を引き結んで飯を炊くことにした。飯が炊けてもこれといったお菜はなかった。

漬物樽《たる》に手を突っ込むと、古漬けの沢庵《たくあん》と胡瓜《きゅうり》を引っ張りだし、炊きたての飯を頬張った。

玄武館鍛冶橋道場に入ったのは、昼に近い時刻だったが、門弟は普段より少なかった。

「山本さん、二、三日姿が見えませんでしたが……」

声をかけてきたのは、大河より二つほど下の男だった。見知った顔ではあるが、名前は知らなかった。

「浦賀へ黒船見物に行ってきたのだ」

稽古《けいこ》支度をしながら言うと、相手は驚き声を漏らし、そばにやってきた。

「黒船を見たのですか？」

「見た？」

「どんな船でした？　いまやその話で持ちきりなんです。先生もこの騒ぎで鳥取藩のお屋敷に詰めておられます」

先生というのは道場主の千葉《ちば》定吉《さだきち》のことで、先月、鳥取藩の撃剣指南役に任じられていた。その縁もあり、道場には「因州《いんしゅう》」という表札も掲げられていた。道場が閑散としているのは、鳥取藩の門弟が来ていないせいでもあろう。

「先生は帰っておられぬのか」

大河は道場の奥に目をやって、若い門弟に顔を戻した。

「それで、船はやはり大きいのですか？　蒸気船だという話ですが……」

浦賀までは二泊三日の旅である。それなのに、もう江戸にはいろんな情報が伝わってきているようだ。

「ほう、蒸気船というのか。おれは軍艦だと聞いたのだが、すると蒸気船の軍艦というわけだ。とにかく大きい。いかほど大きいかと言うと、おそらく樽廻船《たるかいせん》の十倍、いや二十倍はあるかもしれぬ」

「ひゃあー、そんなにでっかいので……」

門弟は目をまるくして驚く。

「ところで、おぬしの名はなんであったか？」

「徳次《とくじ》です。吉田《よしだ》徳次と言います」

「町人の子か？」

しゃべり方も所作も侍の子弟には見えないから聞いたのだ。

「さようで。新両替町《しんりょうがえ》二丁目に吉田屋という乾物屋があります。わたしは次男なので好きにさせてもらっていまして、こちらで剣術を習っているのです」

「乾物屋の倅《せがれ》であったか。まだここに来て日は浅いであろう」

「それでも一年はいます。山本さんのことはよく存じていますよ。それで、黒船はやはり四隻だったのですか？　大砲を空撃ちしたと聞いていますが……」

「おぬし、なんでも知っておるな」

大河が感心すると、徳次は瓦版を読んだと言った。しかし、徳次の話がほんとうであれば、黒船は陸を砲撃したのではなく、空砲を放っただけのようだ。

「その黒船が大砲を撃ち鳴らしたとき、おれはすぐ近くにおったのだ」

「やっ、ややっ、そりゃあほんとうに……」

徳次は両手をつき、這《は》うようにして近づいてくる。饅頭《まんじゅう》のような丸い顔にある目を大きく見開いて、そのときのことを詳しく教えてくれと言う。

支度を終えた大河は、道場をひと眺めした。稽古をはじめている者がいるが、興味津々の顔をしている徳次に浦賀へ行って帰ってくるまでのことをかいつまんで話してやった。

「ありゃあ、すると坂本さんも浦賀に行ってらしたのですか」

「坂本を知っているのか？」

「あの人の家も商売をやっているそうで、それで話が合いましてね。ここしばらく坂本さんを見ないので、どうされているのだろうかと思っていたのです」

「あれは土佐藩の世話になっているから、駆り出されているようだ。それはともかく、稽古をはじめる。徳次、相手をしよう」

「はい、お願いいたします」

五

狸穴《まみあな》の男谷《おだに》道場では熱心な稽古がつづけられていた。

しかし、この道場も黒船騒ぎで普段より門弟の数が少なかった。掛かり稽古をしているのが四人、打ち込み稽古をしているのが四人、そして素振りをしたり型稽古をしたりしているのが三人だった。

「そりゃ、もう一本！」

掛かり稽古をしている元立ちが、打ち込んできた相手の竹刀を払い鼓舞している。もう二人とも息が上がっていた。動くたびに汗が飛び散り、ぶつかり合う竹刀が道場にひびく。

道場の隅には、「百二、百三、百四……」と、数えながら一心に竹刀を振っている門弟がいる。

二人一組で打ち込み稽古をやっている門弟も、雄叫《おたけ》びのような気合いの声を発して、床板を強く蹴《け》っていた。みんな二十歳前後の若者だった。

見所に座っている高柳又四郎は、さっきからその稽古を見守っているが、とくに口出しなどしなかった。

（こやつらはまだまだ……）

目に留めるほど練度の高い者はいなかった。口を挟んだところで、すぐに上達は望めない。ひたすら稽古を積ませるだけでよいと考えていた。

又四郎は武者窓から流れてくる風を感じて、窓外に目を向けた。柿の青葉が濃くなっている。その向こうの空は真っ青に晴れていた。

「さて……」

又四郎がやおら腰を上げると、稽古をしていた門弟らが気づいて、一斉に注目してきた。

「稽古をつづけろ」

又四郎は一言残して道場を出た。母屋の廊下に入ると、また道場から気合いの声が聞こえてきた。

又四郎は男谷精一郎《せいいちろう》の屋敷の食客となり、ときどき門弟たちに稽古をつけているが、与えられた自分の部屋で暇を潰《つぶ》すことが多い。

「男谷殿は今日も帰っては来ぬか」

台所で仕事をしている女中に声をかけると、首をひねってわからないと言う。

「黒船騒ぎでお忙しいのでしょう」

「黒船か……。酒を運んでくれ。冷やでよい」

又四郎は自分の部屋へ行って、縁側に腰を下ろした。家は高台にあるので、庭越しに麻布《あざぶ》方面の屋敷町を見下ろすことができた。ところどころに竹や雑木の林があり、緩やかな風に揺れていた。

女中が酒を運んでくると、又四郎はゆっくり酒を飲んだ。気の利く女中で、肴《さかな》にと小皿に入れた牛蒡《ごぼう》の酢漬けを添えていた。

さていつまで居候をするか？　又四郎はぼんやり考える。この先の人生に大望はない。仕官の口もあったが、すべて断った。浪々の身は楽である。かといって、いつまでも浪人風情ではうだつが上がらぬと思いもするが、ずるずると怠惰な毎日を送っている。

（潮時かもしれぬな）

又四郎はぼんやりと男谷家を出ようかと考えた。行くあてはないが、このままではよくないということはわかっている。

二合の酒を飲んだとき、玄関のほうに慌ただしい動きと声があった。

（帰ってみえたか……）

又四郎は口辺に笑みを浮かべて酒を飲んだ。しばらくして、廊下に足音がして、障子越しに声をかけられた。

「高柳、邪魔をする」

さっと障子が開き、男谷精一郎が入ってきた。楽な着流しに着替えていた。

「お忙しそうですな」

又四郎は居住まいを正して、男谷を見た。中肉中背で聡明《そうめい》な面構えは相も変わらずだ。

年は又四郎より十歳ほど上だった。

「黒船騒ぎでお上は右往左往だ。傍で見ていてその慌てぶりはおかしいほどだ。もっとも斯様《かよう》なことは人には言えぬが……」

「それで騒ぎは収まったので？」

「ひとまず相手を追い返す算段のようだが、どうなることやら」

「収まりがつかぬと言うことですか？」

「それはわからぬ。だが、騒いでいるのは幕府だけのような気がする。相手はたった四隻の軍艦である。それなのに、江戸周辺の海岸は五十万ほどの藩兵で固められている。ちと大袈裟《おおげさ》な気がする」

「得体の知れぬ相手だからでしょう。されど、男谷殿はすっかり幕臣になられた」

又四郎は男谷の顔をまじまじと眺める。

男谷は先年書院番《しょいんばん》士から徒頭に昇進し、その役目に就いている。

「お役に就いたからには疎《おろそ》かにはできぬからな」

「張り合いをなくしたのではございませんか」

男谷は眉宇《びう》をひそめた。

「島田虎之助《しまだとらのすけ》殿は昨年身罷《みまか》られたし、大石進《おおいしすすむ》殿は国許《くにもと》に帰られ隠居されたと聞きまする」

又四郎が口にしたのは、男谷と並んで「天保《てんぽう》の三剣豪」と言われた人物だった。

「一抹の寂しさを拭《ぬぐ》うことはできぬが、いまはお役目を果たすだけだ。もっとも剣術のことを忘れているわけではない。それより、そこもとのことだ」

男谷はひたと見つめてきた。

「仕官する気はないのか？　その気がないのであれば道場を開く道もあろう。そこもとほどの腕があれば、無理なことではない。そうであろう」

又四郎はうっすらと無精髭《ぶしょうひげ》の生えた顎《あご》を撫《な》で、庭に目を向けた。

「道場でござりますか……。拙者にはその気はありません」

「ならば、いかがすると？」

「まあ、お気遣いはありがたく頂戴《ちょうだい》いたしますが、向後《こうご》のことはゆるりと考えておるのです。それより、玄武館の山本大河という男をご存じありませんか？」

又四郎は男谷に顔を戻した。

「山本、大河……千葉先生の門弟であろうが、初めて聞く名だ。その山本がいかがした？」

「試合を申し込まれたのです」

「ほう。いつのことで……」

「明後日《あさって》、この道場でやることになっております」

「さようでござったか。わたしは立ち合えぬが、軽く揉《も》んでやるとよかろう」

「甘く見ていると痛い目にあうかもしれません。油断ならぬ相手かもしれませぬし」

「うむ。もっともなことだ。油断ならぬのは黒船然《しか》りだ。いったいいかような仕儀になるかわからぬが、瑣末《さまつ》なことでないのはたしか。幕府も褌《ふんどし》を締め直さなければならぬかもしれぬ」

男谷は黒船騒ぎについて、あれこれ話をはじめたが、又四郎は上の空で聞いていた。幕政などにはまったく関心がない。男谷の話を聞き流しながら、他のことを考えていた。

それはおのれが何事においても張り合いをなくしていることであった。なにゆえ、さような心持ちになったのか、皆目自分でも見当がつかないのだ。剣技をきわめるために、熱き血を滾《たぎ》らせていたひと頃の自分が、遠い過去の人間のような気がする。

「明日も登城せねばならぬ。高柳、道場のほうを頼む。そなたがいて助かるのだ」

男谷の声で又四郎は現実に立ち返った。

「頼られるほどの者ではございませんが、いましばらくご厄介になります」

「遠慮はいらぬさ」

六

「いつ戻ってきたのだ?」

大河は龍馬に聞いた。玄武館鍛冶橋道場である。

「昨日の夜です。幕府はアメリカに折れました。ペリーという大将からアメリカの国書を受け取る算段になったんです。そのために浦賀奉行所は久里浜に移りましたよ」

「久里浜……」

「浦賀の近くにある湊《みなと》です。山本さん、日本は変わりますよ。いや変わらないといかんちゃ」

あぐらをかいている龍馬は、日の射し込む格子窓の外に向けた目を細めた。ときどき、この男はお国訛《くになま》りを口にするが、大河は好ましく思っていた。

「おぬしが騒いでもなんともならんだろうに……」

「それは違います」

龍馬は顔を戻してつづける。

「浦賀でわたしといっしょにいた武市さんを覚えておいででしょう。あの人は西国の巡検をするよう藩命を受けたのですが、断られました。そんな悠長なときではない。異国の接近に対しては、幕府だけでなく、百姓町人一人ひとりが考えなければならんとおっしゃるんです。そうしないと、幕府のみならずこの日本という国が滅びるかもしれぬと」

「まさか、さようなことにはならぬだろう」

龍馬は首を横に振る。

「武市さんは大真面目です。これからは幕府をあてにできぬ世の中が来ると言われるのです。そうなると、どうなると思います？」

龍馬は大真面目な顔を向けてくる。

「幕府が頼りにならぬなら、天皇が政をやるのだろう。上のことはおれたち下々のことにはわからぬ」

「そうでしょうが……」

「そんなことより稽古《けいこ》だ。支度をしろ。相手をしてやる」

大河は立ち上がったが、龍馬はそのまま言葉をついだ。

「わたしはしばらく品川に行くことになりそうです。道場に来られなくなる日が多くなりそうです」

「なにゆえ？」

「藩の臨時御用として品川で警固をすることになったんです」

「また新たな黒船が来ると言うのか？」

「それはわかりませんが、世話になっているのでお指図に従うしかありません」

「それはそれでしかたなかろうが、異人に負けぬ技量を身につけるのも大事なことだ。さあ、立て」

大河にうながされた龍馬は、急いで防具をつけはじめた。

道場にいる門弟は相変わらず少ないが、それでも三十人ほどの者が稽古に汗を流していた。日増しに暑さが募っているので、誰もが大汗をかきながら気合いのこもった声を張り上げていた。

「異人が来たら斬らねばならぬ。その覚悟をしておくのも大事であろう。さあ、掛かってこい」

大河はすっと竹刀を伸ばして、元立ちになる。

掛かる龍馬が、「おりゃ！」と、気合いを入れて間合いを詰めてくる。

大河は竹刀を中段に構えたまま、龍馬の打ち込みを待つ。まずは左面を狙いに来た。

ゆるいと思った瞬間、払い上げた。龍馬が口を引き結んで、つぎの技を仕掛けてくる。

大河は受けてやるが、打ち込みが甘いと、即座に技を返して、龍馬の小手や面に容赦ない打突《だとつ》を与える。

「休むなッ！」

大河の叱咤《しった》に龍馬は食い下がるように胴を抜きに来、突きを送り込み、面から小手と打ち込んでくる。

この稽古は一言で言って苦しくてきつい。打ち込むほうはまんべんなく技を繰り出さなければならないし、元立ちも油断できないので相応に体力を消耗する。

大河は龍馬の打ち込みをいなしたり払ったり、あるいは逆に打ち込んだりもした。あっという間に汗が噴き出し、稽古着に汗染みが広がる。激しく呼吸が乱れ、流れる汗が目に入って、視界が曇る。

小半刻（約三十分）ほどつづけたとき、龍馬が音を上げて床に両手両足をついた。顎からぽたぽたとしたたり落ちる汗が、床にたまる。

「もう三本だ」

大河が誘うと、

「はい」

龍馬が気持ちを鼓舞して立ち上がった。

面、胴、小手、突きと隙を狙って打ち込んでくるが、体力の消耗激しくその打突には力がなかった。最後に大河はわざと小手を打たせ、

「よし、ここまでだ。少し休め」

そういう大河自身も息が上がっていた。

面と籠手《こて》を外し、汗を拭《ぬぐ》いながら息を整える。

「品川で警固をすると言ったが、いつまでだ？」

大河は呼吸が落ち着いたところで聞いた。

「わかりません。一月《ひとつき》なのか二月なのか」

「向こうへ行っても素振りだけは怠るな。おぬしは鍛錬次第でもっと強くなる」

「山本さんにそう言われると自信がつきます」

龍馬が嬉《うれ》しそうな笑みを浮かべたとき、道場にやってきた男がいた。さっと、大河を見つけるとつかつかと歩み寄ってきた。

千葉周作《しゅうさく》の三男、道三郎《みちさぶろう》だった。

「大河、どこへ行っておった」

道三郎はいつになく剣呑《けんのん》な顔つきだった。

「浦賀へ黒船を見に行って、三日ほど江戸を離れていました」

「たわけが。高柳さんとの立ち合いを忘れたか」

道三郎は、普段はお玉《たま》ヶ池《いけ》の道場にいるので、滅多に鍛冶橋に来ることはないのだが、どうやらときどき様子見に来ていたようだ。

「忘れてはいません」

「立ち合いは明日なのだ」

「わかっています」

「稽古をつける。支度をするから待て」

道三郎は見所横に行くと、羽織を脱ぎ、袴《はかま》の股立《ももだ》ちを取って支度に掛かった。

呼吸の整った大河は、稽古着の乱れを直して、道場の中央に進み出た。

七

その朝、飯櫃《めしびつ》が空になった。さらに米も底をついた。

大河は飯櫃に残っていたわずかな飯を、梅干しをおかずにして食べた。だが、腹は満たされていない。家のなかを飛び交う蠅を目で追い、そして飯櫃に視線を戻した。

ため息が漏れる。今日の立ち合いが終わったら内職をしなければならない。財布にはもうわずかな金しか入っていない。こんなことなら家賃を待ってもらえばよかったと思いもするが、律儀な性格ゆえ家賃をためることはできない。

空《す》きっ腹《ぱら》に力を入れ、着替えをして長屋を出た。どんよりした雲が江戸の空を覆っていた。雨が降るかもしれぬ。そんなことを思いつつ、堀沿いの道を辿《たど》り鍛冶橋の道場に入った。すでに道三郎が来て待っており、玄関に入ったばかりの大河に声をかけてきた。

「少し早いがまいるか。それとも少し汗を流してから行くか？」

「いえ、行きましょう」

大河は即答した。悪戯《いたずら》に体を疲れさせるより、余力を残しておきたいという気持ちがあった。ならば行こうと、道三郎はそのまま雪駄《せった》を履いて表に出た。大河はあとに従う。

これから念願だった高柳又四郎と立ち合うというのに、気持ちの高ぶりはなかった。帰ったら内職をしなければならない、立ちゆかぬ暮らしをなんとかしなければならないという切迫した気持ちが強かった。そんな自分が情けないと思いつつ、少し前を歩く道三郎の背中を眺める。

玄武館の総帥千葉周作の三男。苦労することなく育っているだろうが、剣術の腕は大河以上だ。いや、もう同格かもしれぬと、大河は勝手に考える。

昨日は道三郎がみっちりと稽古の相手をしてくれた。試合形式の地稽古で、気を抜けぬ鍛錬のひとつだ。

いつでもそうだが、大河が常に先手を取っていく。以前は返し技をもらったり、軽くいなされたり、押し返されることが多かったが、この頃はその数が少なくなっている。先手を取って、そのまま一本取ることさえある。

先手を取って打たれると、なぜ隙をつかれたか、なぜ打ち返されたかと考える。だから、大河は応じ技を使えない封じ手で攻撃を仕掛けるようにもなっていた。

大河が一本取ると、道三郎の顔色が変わり、目つきが鋭くなる。普段は穏やかな男だが、内に秘めた闘争心は父親譲りだ。それに物心ついた頃から竹刀を振り、練達の門弟の技を目のあたりにして自分のものにしている。

入門当時、大河と道三郎には天と地の差があった。しかし、その差は確実に縮まっているはずだった。

「まさか臆《おく》しているのではなかろうな」

黙々と歩いていたが、土橋《どばし》をわたったところで道三郎が振り返った。

「まさか……」

大河が短く応じると、道三郎は小さな笑みを浮かべた。

「いまのおまえの腕があれば、負けることはなかろう。相手は元中西道場の三羽烏《さんばがらす》といっても恐れることはない」

「恐れるなど……」

「ないか」

「ありません」

道三郎は立ち止まって大河を短く見つめ、

「やはり、おまえの肝っ玉は並ではないな」

そう言って口辺に笑みを浮かべ、また背を向けて歩きだした。

愛宕《あたご》下の武家地を抜け、西久保《にしくぼ》通りから緩やかな坂道を上る。

「少し休んで行こう。まだ約束の時刻には少し早いはずだ」

道三郎が足を止めたのは、神谷《かみや》町に入ったときだった。すぐそばに茶屋があり、暖簾《のれん》には串《くし》団子の絵が染め抜かれていた。

大河の腹が鳴る。床几《しょうぎ》に腰掛けるなり、奥の板場から芳ばしい匂いが漂ってきた。涎《よだれ》が出そうになる。

「道三郎さん、串団子うまそうですね」

茶を飲んでから思いきって言ってみた。道三郎はそうだなと言ったきり、曇っている空を飛んでいる鳶《とび》を眺めている。

「焼き餅《もち》もおいしゅうございますよ」

煙草盆を運んできた店の女が言った。芳ばしい匂いはそれだったかと、大河は板場のほうに目を向ける。

「道三郎さん、焼き餅がうまいそうです」

「なんだ、腹が減っておるのか……」

道三郎が顔を向けてきた。

「いい匂いがします。焼き餅はうまそうです」

それぐらいの金はある。大河は注文しようと店の女に顔を向けた。

「二つくれ」

道三郎が先に注文した。大河の相好が崩れる。できることなら三つ四つ食べたいが、ぐっと我慢である。待つほどもなく、焼き餅が届けられた。こんがり焼けた餅に醬油《しょうゆ》がたらしてある。見るだけでさもうまそうである。

「いただきます」

大河は頰張った。うまい。醬油の味がしみていていてじつにうまい。二口で食ったが、物足りない。道三郎はまだ手をつけず、のんびり茶をすすっている。

「道三郎さん、うまいですぞ。冷めぬうちに食べないともったいのうござる」

「おれはいらぬ。おまえが食え」

大河はキラッと目を輝かせた。では、と遠慮なくもう一個をつまんで食った。

「腹が減っていたのか。そんな食い方ではないか」

道三郎がからかうような顔を向けてくる。

「腹が減っては戦はできぬと申すではありませんか」

「おまえというやつは……」

あきれたように道三郎は首を振った。

小半刻ほど休んだのちに、二人は狸穴の男谷道場の玄関に入った。道場には数人の門弟が稽古《けいこ》をしているだけだった。

見所脇に立っていた男が大河と道三郎に気づき、すぐにやってきた。

「玄武館の千葉道三郎殿であろうか」

男は炯々《けいけい》とした目で大河と道三郎を見た。道三郎が答えると、

「それがしは榊原鍵吉《さかきばらけんきち》と申す。高柳先生より話は承っています。上がってお待ちくだされ」

そう言ったあとで、大河を見た。

「そのほうが山本殿か」

榊原は色の黒い馬面を大河に向けた。口が大きく切れ長の目が鋭い。年は二十四、

五であろうか。

「いかにも、山本大河と申します」

大河が一礼すると、榊原はそのまま見所脇の出入口から奥に姿を消した。それを見送った大河と道三郎は道場に上がり、下座に腰を下ろして高柳を待った。大河はいまになって、胸の高鳴りを覚えた。いずれ相手をしてもらいたいと、強く待ち望んでいた人に会えるのだ。

それはあたかも長年恋い焦がれていた人を待っていた青年のような心持ちだった。

しばらくして榊原が戻ってきた。そして、そのあとから高柳又四郎があらわれた。

大河は息を呑《の》んで又四郎を見つめた。

第二章　悩み事

一

道場に入ってきた高柳又四郎は、すでに稽古着姿《けいこぎ》だった。

見所の前まで行き、立ち止まって大河と道三郎を静かに眺めた。

表から鳥の声が聞こえてくるだけで、道場内は水を打ったような静けさに包まれた。

「高柳又四郎だ」

大河はくわっと目をみはった。

又四郎に憧《あこが》れにも似た思いを抱いていた大河は意外に思った。川越で会ったときはもっと若く精悍《せいかん》に見えた。それにもっと大きい人だと思っていた。しかし、目の前にあらわれた又四郎は、髪に霜を散らした初老の男で頬がこけ、冴《さ》えない顔色をしている。もっとも双眸《そうぼう》にはいかにも剣術家らしい鋭さはあるが。

「なにゆえ、わたしと立ち合いたい？」

又四郎はゆっくり腰を下ろしてから問うた。

「わたしは以前、高柳様にお目にかかっています。六年ほど前、川越の村でした」

大河はそれまで心の高ぶりなどなかったのに、いまになって心の臓をドキドキと騒がせた。

「わたしに会ったと……」

又四郎は眉宇《びう》をひそめて、大河をまっすぐ見る。覚えていないようだ。

「木刀で素振りをしていました。それでかかってこいと言われ、打ち込みをしたことがあります。そのとき先生はわたしの木刀を見て、枇杷《びわ》の木を使っているのかと感心され、励めとおっしゃいました」

そのときの記憶がまざまざと、大河の脳裏に甦《よみがえ》った。

「ほう、さようなことを……」

やはり又四郎は忘れているようだ。

「六年前と言えば、わたしが武蔵《むさし》へ修行の旅に出ているときであろう。そうか、川越で……。それで、そなたが周作殿の……」

　高柳は道三郎に目を向けた。

「周作の三男道三郎にございます。父上がよろしく伝えてくれと言っておりました」

「すると、今日の立ち合いを周作殿はご存じなのだな」

「はい。山本大河の初めての他流試合です。その旨耳に入れてあります。父上と高柳先生は、以前立ち合われたことがおありですね」

　又四郎は暗にうなずいた。

「父上はかなわなかったと申しておりました」

「あの頃は、まだ周作殿は若かった。されど、わたしはもっと若く元気があったからな。息災であろうか」

「お陰様で」

「なによりだ。よろしくお伝え願おう。して、なぜわたしと……」

「山本大河のたっての願いであります」

　大河はさっと顔を向けたが、道三郎はかまわずに言葉をついだ。

「断られるのを承知で立ち合いを請いましたが、受けてくださり感謝いたしまする」

「玄武館で十本の指に入るそうだな。四年の間にそこまで腕を上げるとは、よほど筋がよいのであろう」

又四郎の視線が向けられたので、大河はさらに顔を引き締めた。まだ心の臓が騒いでいる。相手は元中西道場の三羽烏《さんばがらす》の一人で、「音無しの剣」を遣う手練《てだ》れ。千葉周作もかなわなかったという相手である。

いまになって背伸びしすぎているのではないかと、大河はわずかな気後れを感じた。

「いつまでもお茶を引いていても詮《せん》無い。はじめるか」

又四郎がそう言うと、そばにいた榊原鍵吉が、防具と竹刀をわたした。それから大河のもとにも防具が運ばれてきた。

「お借りいたします」

大河は榊原に断って、胴と籠手《こて》をつけ、面を被《かぶ》った。

「立ち合いの検分はわたしが務めます。勝負は三本、よろしいかな」

榊原が大河を見て言った。

大河はうなずく。心の臓が高鳴っていた。こんなことは滅多にあることではないのに、平静ではなかった。

作法どおりに道場に進み出ると、又四郎とにらみ合うように立った。大河のほうが上背があった。体も大河が一まわり又四郎より大きい。

間合い四間でゆっくり座る。一礼ののちに立ち上がり、もう一度礼をして前へ進む。間合い一間で蹲踞《そんきょ》の姿勢に入った。又四郎はまたたきもせずに大河を見据えている。

「はじめッ」

検分役の榊原が声を発した。

大河と又四郎は立ち上がって竹刀を中段にとって、自分の間合いに入る。

（大きい）

自分より小さな又四郎がいきなり大きく見えた。心の臓はいまだに静まらない。

「きえーッ！」

大河は道場に響きわたる大音声で気合いを発した。

又四郎は中段のまま動かずにいる。隙がない。大河は摺《す》り足を使って前に出た。

剣尖《けんせん》をぴくりと動かすが、又四郎はそのままだ。

（どこから攻めればよいのだ）

出ると見せかけ、一度下がった。そしてもう一度詰めていった。

「とーッ！」

突きを送り込んだが、これは牽制《けんせい》であった。又四郎は見切っていたらしく、毫《ごう》も動かなかった。

大河は左へゆっくりまわった。又四郎がそれに合わせて動く。大河はさらに速く、大きく左へ動いた。又四郎にわずかな隙が見えた瞬間、大河は床板を蹴《け》った。

「おりゃー！」

上段からの面打ちだった。

だが、かすりもしなかった。ハッと目をみはったとき、又四郎が動いた。瞬間、竹刀がまっすぐ飛んできた。

突かれる。大河はとっさに下がってかわし、右へ体をひねって面打ちの返し技を放った。

バチーン！

「一本！」

検分役の榊原の声が上がった。

二

大河は呆然《ぼうぜん》としていた。胴を抜かれたのだ。あっさり一本取られた。

「二本目、はじめッ！」

榊原の声で大河は我を取り戻した。

又四郎がなまなかではないというのがよくわかった。そして、一本取られたことで目が覚めたのか、大河の心の臓は静まっていた。

相手は格上なのだ。胸を借りるつもりで立ち向かっていけばよいと、持ち前の強気が沸いてきた。

「おりゃあー！」

大河は気合いを発した。自分を鼓舞し、前に出る。負けてもともとだという気持ちになっていた。

今度は又四郎も前に出てきた。「ささっ、ささっ」と、奇妙な声を漏らしている。

双眸は針の光を帯び、剣尖は大河の喉《のど》をとらえている。

大河は正面からの攻撃を嫌って横に動いた。又四郎が追ってくる。さらに大河は逃げるように動く。

「おりゃーッ!」

又四郎の竹刀がうなった。横面を狙われたのだ。だが、大河は腰を落としてかわすなり、胴を抜きに行った。あたらなかった。かすりもしなかった。

とっさに振り返ると、又四郎が上段から打ち込んでくるところだった。大河はすかさず撥《は》ね上げた。ばしッと、竹刀のぶつかる音がして、両者は一間半の間合いで向かい合った。

大河の呼吸が乱れそうになっていた。なんだこれしきでと思い、口を引き結ぶ。竹刀を中段に構える。そのとき、力みだと気づいた。竹刀を持つ手に力が入りすぎていた。肩にも腕にも力が入りすぎだ。

対する又四郎は悠然としている。どこにも力感がない。足のさばきも軽やかだ。

(おれとしたことが……)

内心でつぶやいた大河は、静かに息を吐いて吸う。まだ、立ち合いの間合いには入っていない。窓から流れ込んでくる風が袴《はかま》の裾《すそ》を揺らし、剝《む》き出しの腕を撫《な》でるように流れていく。

「よしッ」

今度は低い気合いを漏らして前に進んだ。又四郎には相変わらず隙が見えない。だが、攻めるしかない。

竹刀の切っ先がふれ合うほどの間合いになったとき、大河は右面左面、さらに右面と打ち込んでいった。ことごとくかわされた。かすりもしない。

(これが音無しの剣か……)

相手に竹刀を触れさせないという又四郎の技だ。それは間合いを見切られているということだ。相手の間合いを見切り、自分の間合いで打って出る。

(そういうことか……)

攻めあぐねる大河だが、どういうわけかこの立ち合いが楽しくなった。小さな笑みさえ浮かべたほどだ。それを見た又四郎が奇異な目をした。

その瞬間だった。大河は一気に前に出ると突きを送り込み、つづいて面を打ちに行った。竹刀が風を切ってうなった。かわされたが、かまわずに第二第三の攻撃を仕掛ける。

大河が竹刀を振るたびに、びゅんと鋭くうなる。

さらに詰め、連続で突きを送った。又四郎が嫌がって下がった。大河は逃がさじと追い込んで、面を打ちに行った。

「とーッ！」

気合い一閃《いっせん》。同時に、バシッと面をたたく鋭い音。

「それまでッ！」

榊原の声が上がった。

（勝った。一本取った）

内心で快哉《かいさい》を叫んだが、表情を変えることはなかった。又四郎も平静な顔をして、ゆっくり下がった。負けた悔しさなど微塵《みじん》も感じられない。

「もう一番なさいますか？」

検分役の榊原が又四郎に訊《たず》ねた。

「無論」

答えた又四郎はさっと中段に竹刀を構えた。大河も竹刀を中段に取った。

「……はじめッ！」

短い間を置いて、榊原が声を張った。

大河が前に出た。又四郎も前に出てきた。表情がさらに厳しくなっている。大河は奥歯を食い縛りながら、体に入っている余計な力を抜くことに努める。

又四郎が自分の間合いを探している。詰める足の指が床板を嚙《か》むように動いている。大河も今度は横の動きをやめた。

正面から打ち合う。そう決めたのだ。又四郎の肩が上下に動き、呼吸に乱れがあるのを知ったからであった。

右足を引きつけたと同時に突きを送り込んだ。又四郎の竹刀がさっと動いた。小手を狙っての出端技《でばなわざ》だった。大河はとっさに両腕をひねってかわし、すぐに下がった。

又四郎が詰めてくる。大河は又四郎の竹刀を軽く左に払う。さらに右に払う。カチャカチャと小さな音が連続した。

又四郎の姿勢が崩れそうになった瞬間、大河は素速く面を打ちに行った。受けられたと同時に、又四郎の体が離れ、竹刀が小手に伸びてきた。大河はさっと竹刀を引きつけてかわす。

危うく面返しの小手という返し技を受けるところだった。なんとかその危機をしのいだが、攻め手を欠いてはいかぬと思い前に出る。

一足、また一足と詰める。又四郎が竹刀を下段に移したのはそのときだった。大河はその一瞬の隙を逃さず、打って出た。

「とおッ！」

面を狙ったが、逆に胴を抜かれそうになっていた。紙一重のところでかわし、体を入れ替えていた。即座に振り返ったが、一瞬の遅れが又四郎にあった。今度こそはと、上段から面を打った。

バチーン！

鋭い打撃だった。腕に十分な手応えがあった。

「それまでッ！」

榊原の声が上がった。大河はハッと、大きく息を吐き出して下がったが、又四郎の体がふらっと揺れたかと思うと、そのまま膝《ひざ》から崩れて倒れた。

「先生ッ」

榊原が慌てて又四郎に駆け寄った。大河も驚き、近づいた。後見として見学をしていた道三郎もやってきた。

「先生、先生……」

榊原が面を外して声をかけると、又四郎が閉じていた目を開けて小さくかぶりを振った。

「かまうな」

又四郎はか細い声を漏らして、その場に尻餅《しりもち》をつくように座った。軽い脳震盪《のうしんとう》を起こしたようだ。

「ほんとうに大丈夫でございますか？」

大河が声をかけると、又四郎は静かに立ち上がり、案ずるなかれと言って道場中央まで行き、すっと背筋を伸ばした。大河が近づくと、軽く一礼をした。大河も慌てて頭《こうべ》を垂れた。

「見事だった。そなたの剣は速い。驚いた。それに力強い。よく竹刀が折れなかったものだ」

「ありがとう存じます」

大河はもう一度頭を下げた。

「そなたはもっと強くなりそうだ。道三郎殿、よい門弟だ。向後《こうご》が楽しみであるな」

「ありがとう存じます」

道三郎が頭を下げると、又四郎はもう一度大河に視線を送り、そのまま道場から出て行った。

三

「なにを考えておるんです」

男谷道場の帰りだった。大河の後見人として付き合った道三郎は、さっきからずっと黙り込んだまま歩きつづけていた。道場を出てすぐ、よくやったと一言言ったきりである。

すでに神谷町から芝《しば》の切通《きりどおし》を過ぎるところだった。増上寺《ぞうじょうじ》の北側である。

「これから先のことだ」

道三郎が顔を向けてきた。

「…………」

「おまえは高柳さんに、たしかに勝った。いい勝ちっぷりでもあった。また、高柳さんは負け惜しみめいたことをなにひとつ口にされなかった。年を召され、若いときの勢いはないかもしれぬが、やはり強い人だというのはよくわかった」

「それは立ち合ってよくわかりました。まったく油断できませんでしたから……」

「聞いたのだ」

「なにをです？」

「高柳さんが男谷道場の食客になっているのは、男谷先生との付き合いもあろうが、酒が目当てではないかと」

「酒が……」

「うむ、酒浸りだという噂がある。まんざら嘘ではなさそうだ。おそらく満足に稽《けい》古《こ》もされていないだろう」

大河は又四郎と立ち合っているとき、たしかに熟柿《じゅくし》のような臭いを鼻に感じていた。すると、酒浸りの高柳又四郎に勝ったということなのか。そうであればすっきりしない。

「高柳さんはもう昔の人だ。そんなことをいう人は一人二人ではなさそうだ」

「それじゃ今日の勝負は……」

大河はつづく、意味がなかったのかという言葉を呑《の》み込んだ。

「大河、なんだか腹が減った。蕎麦《そば》でもかき込んでいこう」

いきなり道三郎は話を変え、つづきは蕎麦を食いながらすると言う。大河はそう言われて、急に空腹だったことを思い出し、相好を崩した。それにしても道三郎のつづきの話が気になる。

愛宕下の武家地を抜け東海道に出ると、芝口《しばぐち》二丁目にある蕎麦屋に入った。入れ込みの隅に腰を下ろし、早速せいろを注文し、ついでに酒と佃煮《つくだに》を頼んだ。

先に酒が運ばれてきて、

「とにかく、高柳さんに勝ったのはよかった。さあ、まいろう」

大河は道三郎の酌を受けて返した。

「さっきの話ですが……」

大河は酒に口をつけてから、話をうながした。道三郎は生真面目な顔を向けてくる。年は同じだが、江戸剣術界の総帥とも言える周作の三男だけあって、各道場のことに精通しているし、頭も切れる。次男の栄次郎《えいじろう》は明朗闊達《かったつ》な人柄だが、道三郎は年のわりには落ち着きもあり、性格も穏やかで思慮深い。

「大河、おまえはいい腕を持っている。上達も早かったし、稽古熱心であるし、技量も上がった。おれはその腕を鈍らせたくないのだ。内職をしなければ暮らしが立たぬようでは情けない。だから、助《すけ》をしたい」

「ありがたいことです」

ほんとうに道三郎の心遣いは身にしみて嬉《うれ》しい。

「高柳さんはもう昔の人だ。江戸にはまだ名前こそ売れてはおらぬが、活きのいい若い剣士がいる。おまえはそのてっぺんに立ちたいはずだ。おれにそう言った」

「いかにも」

「栄次郎兄さんが四月に岡《おか》藩邸で石山孫六《いしやままごろく》と試合をして、負けたことは聞いておるだろう」

「その話を聞いたときは、まさかと思いました」

「おれも信じがたいことだった。石山の名はそれで一気に上がった」

大河は道三郎を眺める。玄武館に入って最初に大河の腕を試したのは、栄次郎だった。まったく歯が立たなかったことを、昨日のことのように覚えている。

「無理もないでしょう」

「どうだ、その石山と立ち合ってみぬか」

道三郎は身を乗り出して、真剣そのものの顔を向けてくる。

「栄次郎先生に勝った相手でしょう」

大河はわずかに気後れを感じた。栄次郎にはいまでも勝てる気がしない。相手はその栄次郎に勝った男である。しかし、大河の心は打ちふるえる。やってみたいと思いもする。

「勝負は三本。負けてもよいから一本でも取れば、大したものだ」

「やるからには負けませんよ」

強気の大河は目を光らせる。とたん道三郎が楽しそうな笑みを浮かべた。

「おまえのそういうところが、おれは気に入っているのだ。では、やるか？」

「そこまで話を聞かされて、引き下がるわけにはいかぬでしょう。道三郎さんも意地が悪い」

大河が顔をしかめると、道三郎はハハハとあかるく笑った。

そこへ蕎麦が運ばれてきた。

「早速段取りをつけてみる」

道三郎はそう言って、箸《はし》を手に取った。そんな様子を大河はしばらく眺めて、

「どうしておれにそう助《すけ》をしてくれるんです？」

と、問うた。

「言ったであろう。野武士のような男がおれは好きなのだ。それに名を売るときには、一気にやらねばならん。ただ、それだけだ」

道三郎はそう言って蕎麦をすする。

「道三郎さんには足を向けて寝られません」

大河も蕎麦をすすった。

四

大河は元中西道場の三羽烏《さんばがらす》の一人、高柳又四郎に勝利したが、たしかに道三郎が言うようにすぐに名が上がるわけではなかった。

しかし、名前を売らないといつまでもうだつの上がらない、玄武館の一門弟でしかない。道三郎は言った。

――名を売るときには、一気にやらねばならん。

たしかにそうであろうと、大河も思う。またそうでなければならぬとも。つぎの相手は石山孫六という男になるようだが、まったくどんな人物でどんな技を使うのかわからない。試合が決まれば、栄次郎に話を聞きたいところが、栄次郎は水戸《みと》藩に出仕しており、道場にいることは滅多にない。それに先の黒船騒ぎで、いまは毎日のように藩邸に詰めているらしい。

黒船と言えば、どこへ行ってもその話が出る。

大河はいま自宅長屋にて、傘張り内職をしているのだが、仕事をくれる半兵衛《はんべえ》の店へ行ってもその話が出た。

「ありゃあ蒸気船というらしいな。いったいどんな船なのか見てみたいもんじゃ。噂ではとてつもねえ大きさらしいが、さていかほど大きいのかねえ」

大河は浦賀へ行って実物を見たと言ってやろうかと思ったが、話が長くなるので黙っていた。

「だけど、もう黒船は去ったらしいね。お上が体よく追いやったんだろう」

政に疎い半兵衛はそんなことを言って、大河に古骨《ふるぼね》傘をわたしたのだった。

大河は傘の骨に糊《のり》を塗り、新しい油紙を張っていく。もう何百本と同じことをやっているので手慣れたものだった。部屋のなかには、できあがった傘と、乾かしている傘、これから油紙を張らなければならない傘が所狭しと置いてある。糊壺《のりつぼ》や刷《は》毛《け》もいくつもある。

すでに表は暗くなっており、部屋のなかには行灯《あんどん》を点《とも》している。安い魚油を使っているので、戸口から風が入り込むたびに煙をまき散らした。蚊《か》遣《や》りを焚《た》きたいが、辛抱して我慢している。そのせいで、腕と言わず足と言わず蚊に刺されまくっていた。

大河は蚊をたたき潰《つぶ》し、刺されたところを掻《か》きながら仕事をつづける。そうやって手を動かしながら、いろんなことを考える。

道三郎の助成はありがたいが、もっと自分に力がつけば、周作の長男奇蘇太郎《きそたろう》、次男の栄次郎、そして三男の道三郎に勝てるなら、他流試合は必要ないのである。

しかし、門弟同士の大きな試合は秋まではない。

大河はその前になんとか腕を上げ、名を上げ、いまの暮らしから抜け出したいともがいているのだった。

しかし、いましばらくは内職と道場での稽古《けいこ》を両立させるしかない。なんとももどかしいものはあるが、現実は厳しい。

「それにしても……」

独り言が口をつくのも、孤独な作業をしているからだった。

高柳又四郎に勝ったことは、少なからず大河の自信につながっていた。道三郎は栄次郎を負かした石山孫六を指名したが、士学館《しがくかん》の四代目桃井春蔵《もものいしゅんぞう》、そして練兵館《れんぺいかん》の斎藤新太郎《さいとうしんたろう》と手合わせをしてみたかった。

この二人と栄次郎を合わせた三人が、当代一の名剣士と謳《うた》われていた。俗に「技の千葉」、「位の桃井」、「力の斎藤」ということである。

道三郎の前で口に出さなかったのは、まだその域に達していないと自分でわかっているからだった。

(だが、いずれは……)

という、強い意志が大河のなかにあった。

「ああ、ここだ」

突然、戸口で声がして人が立った。仕事の手を止めて見ると、吉田徳次だった。

「夜分に失礼しますが、よろしいでしょうか」

徳次はぺこぺこ頭を下げて言う。

「かまわぬ。見てのとおり汚いところだが入れ」

では失礼しますと言って徳次は三和土《たたき》に入って、上がり口に腰掛けた。まるい饅《まん》頭《じゅう》顔を嬉《うれ》しそうにニコニコさせている。

「あの、口に合うかどうかわかりませんが、よかったら召し上がってください」

徳次は風呂敷《ふろしき》代わりの紙包みを差し出した。

「なんだ?」

「へえ、うちの店のものです。手ぶらじゃ来にくかったものですから」

照れ臭そうに言う徳次は、新両替町の乾物屋の倅《せがれ》である。包みに入っていたのは、鯵《あじ》と鰯《いわし》の塩干し、そして椎茸《しいたけ》とかんぴょうの干し物だった。

「これはありがたい。もらっていいのか？」

「どうぞご遠慮なく。なんでしたらいくらでも持ってきますよ」

徳次は気安いことを言って、家のなかに視線をめぐらした。

「汚いだろう。内職をしなければ暮らしが立ちゆかなくてな。しかたなくやっているのだ」

「大変でしょうが、もったいないことです」

「人はそれぞれだ。それよりなんだ、なにか用があって来たのではないのか」

「いえ、山本さんがこの辺にお住まいだというのは知っていましたから、一度遊びに行ってみようと思っていたんです。それに、この前は高柳又四郎という剣客を見事負かしたと聞きましてね。わたしのような新米の門弟の間で噂になってるんです」

「さようか」

「しかし、山本さんは、師範の代稽古《だいげいこ》もされるのに、内職をしなければならないのですか？」

「代稽古をしても給金は出んのだ。道場への払いもきっちりしなければならん」

「へえ、そうなんですか」

徳次は目をまるくして驚く。

「ちゃんとした師範代になるまでは金にはならんのだ」

「それは知りませんでした。ご実家からの仕送りとかはないんでございますか」

「おれは勘当されたのだ。実家とは縁がなくなっている」

大河は飾ることが嫌いなので正直に打ち明ける。

「勘当を……」

「おれは長男だった。いずれは親の跡を継がなければならなかったが、親の仕事が嫌いなのだ」

「ご実家はなにをなさっているです？」

「村の名主だ」

「すると町名主のようなものですね。なぜ、継がれないんです？」

「言っただろう。親の仕事が嫌いだと。親を見ていればわかるではないか。それに、おれは名主より、剣術家のほうが自分に合うと思ったのだ。剣術は面白いしやり甲《が》斐《い》がある。稽古はきついが、強くなるためには鍛錬をするしかなかろう」

「すると剣術で身を立てるおつもりで」

「さようだ」

「志が違いますね。わたしなどは、店を継げない身なのでこの先どうしようかと考えているんですが……」

「なぜ玄武館に入ったのだ?」

「商人の子でも剣術を習うのが流行《はや》っているでしょう。わたしもそれで入れてもらったんです。それに異国がこれからも来るかもしれませんし、いざ戦うことになったら町人といえどじっとしてはおれません。そのときの備えにと思いまして……」

「それはそれで立派な志だ」

「そう言ってもらえると嬉しいです」

徳次は言葉どおりさも嬉しそうに満面に笑みを湛《たた》え、はたと真顔になった。

「仕事の邪魔をしてはいけませんね。もう帰りますが、また遊びに来ていいでしょうか」

「気が向いたらいつでも来い。いるかどうかそのときどきでわからぬが……」

「へえ、それじゃまた顔を出します。お邪魔しました」

「差し入れ恩に着る」

徳次が帰ると、大河は内職仕事に戻った。

五

蟬の声が聞かれるようになって数日後のことだった。

道三郎はその日の稽古を終えると、母屋に戻り、座敷で茶を飲んでいた兄奇蘇太郎の前に座った。

「いかがした？」

奇蘇太郎が湯吞《ゆの》みを置いて顔を向けてきた。父周作より母に似たのか、奇蘇太郎は小作りな顔で、体もさほど大きくなかった。

「この先のことです」

道三郎はまっすぐ長兄を見て言う。

「先とは……」

「わたしの向後《こうご》のことです。兄上は道場を継がれ、ますます隆盛させてくださるでしょうが、水戸家に出仕された父と栄次郎兄さんは、わたしにもいずれ仕官しろと言われます」

「ふむ」

奇蘇太郎は思慮深い顔を庭に向けた。次男栄次郎は奔放であかるい性格だが、長兄はいつも冷静で明哲な人柄だ。道三郎はその二人を足して割ったような男だった。

「おまえは仕官がいやか？」

奇蘇太郎が顔を戻して言った。

「気が進みませぬ。わたしは道場にいたい。兄の下で師範代を務めたい」

また、奇蘇太郎は考えるように庭に目を向けた。庭には小さな池があり、屋根をすべり降りた夕日の筋が、池の畔《ほとり》にある半夏生《はんげしよう》を浮かび上がらせていた。

父周作は水戸家に請われ、藩校弘道館《こうどうかん》で指南役を務めている。同時に居も水戸に移したがために、しばらくの間は弟の定吉が玄武館の宗家代理を務めていた。奇蘇太郎が二代宗家を継いだのは、定吉から免許皆伝を受けた嘉永《かえい》元年（一八四八）の暮れだった。

初代宗家の周作は弘道館師範をしながら、水戸と江戸を行き来していたが、このところ水戸に留《とど》まったきりである。

「当家は父のおかげで水戸公の覚えがめでたい。仕官の道は悪くないと思うが……それとも、おまえは自分で道場を持ちたいと考えているのか？」

「そのことも頭にあります」

「……わかった。胸に留め置いておく。その旨父上にも相談してみよう」

奇蘇太郎は言葉少なに答え、静かに茶を喫した。軒端に吊《つる》してる風鈴がちりんと鳴った。

「お願いします」

道三郎はそのまま座敷を下がったが、廊下に出たとき、玄関に訪《おとな》う声があり、同時に戸が開かれた。

「お、道三郎殿、お久しゅうございます」

「これは海保《かいほ》さん、いつ江戸へ？」

やってきたのは海保帆平《はんぺい》だった。十三歳のときに玄武館に入門し、わずか五年で免許皆伝を得た男だった。いまは水戸家に仕官しているが、一時、逼塞《ひっそく》・遠慮という罰を受けていた。その詳しいことを道三郎は知らないが、刑はいつしか解かれたようだ。

「まあ江戸にもいたのですが、あの黒船騒ぎで浦賀に行っておったのです。ついでに海岸の警固を巡検してまいりました」

真っ黒に日焼けしている海保は白い歯をこぼした。

「兄にご用で……」

「おいでなら是非にも」

道三郎はそのまま奇蘇太郎のいる座敷に案内して同席した。海保は奇蘇太郎とほぼ同年の三十二歳だった。

「先生も息災でございますので、ご心配はありません。それにしても大変なことになりました」

海保は通り一遍の挨拶《あいさつ》をしたあとで、黒船について早口でまくし立てるように話した。

それは黒船の大きさ、装備の大砲はむろん、船内の様子や人員などであった。道三郎はとくに興味があるわけではないが、黙って耳を傾けていた。

「海保殿は黒船に乗り込まれたのですか？」

奇蘇太郎が首をかしげながら問うた。

「いえ、ペリーという提督に浦賀奉行と直談判にあたった、中島三郎助《なかじまさぶろうすけ》と香山栄左《かやまえいざ》衛門《えもん》なる与力から聞いたのです。その二人は異国の侵入を恐れています。それに、ペリーは来年も来る気配があります。幕府はペリーから国書を受け取りましたが、この後の始末に苦慮しております」

「国書の中身はなんなのです？」

「聞いたところによりますと、開国を求めているとのことです。そのために幕閣内には夷狄《いてき》は打つべきの声が多いようです。そんな騒ぎのなかで将軍家慶様が身罷《みまか》られたのは残念至極でございます」

家慶薨去《こうきょ》は、六月二十二日のことだった。この知らせはすぐに広められなかったが、水戸徳川家の家臣である海保の耳には入っていたようだ。

「まことに家慶公が……」

奇蘇太郎が驚きに目をまるくするように、道三郎も驚いた。

「ここだけの話、他言は無用に願いますが、幕府は変わりますよ。いえ変わらねばならぬでしょう」

海保は話を結ぶように言って深いため息をついた。

「どう変わると言うのです？」

道三郎は目を輝かせ、少し身を乗り出して海保を見た。

「それはわたしにはよくわからぬこと。されど、黒船は来年もやってきます。幕府はその備えをしなければならぬでしょうが、諸国大名家も夷狄の来航に気を張らなければなりますまい。おそらく諸国には夷狄打つべしの気運が高まるはずです」

「夷狄を打つ……」

「さようで」

海保は深くうなずいた。

道三郎は水戸藩邸に帰る海保を見送ったあと、自分の部屋に行って腰を下ろした。刀掛けから暗くなってきた庭に目を向けた。

海保は幕府が変わるようなことを言った。さらに諸国に夷狄打つべしの気運が高まるとも。そうなると剣術道場も変わるのかもしれないと、ぼんやりと考えた。剣術熱が冷めるかもしれぬし、さらに高まるかもしれぬ。だが、それは道三郎が真剣に考えることでも、憂えることでもなかった。

目下最大の問題は、玄武館千葉道場の師範代である。奇蘇太郎を補佐する師範代が見あたらないのだ。

かつて、玄武館には四天王と呼ばれる門弟がいた。森要蔵《もりようぞう》、庄司弁吉《しょうじべんきち》、塚田孔平《つかだこうへい》、稲垣定之助《いながきじょうのすけ》――。父周作を師事し腕を上げた門人である。しかし、いまは彼らと比肩するほどの門弟はいない。それなりに腕の上がった門弟はいるが、傑出している者がいない。

先ほど来た海保も腕達者だが、水戸家に仕官している。兄栄次郎然《しか》り、そしてかつての四天王は、みな大名家の家臣であり、年も重ねている。

ただ一人頼りにしていた塚田孔平は父周作に請われ、水戸において師範代を務めている。

そんなことを考える道三郎は、

（この道場のことを真剣に考えているのは、兄の奇蘇太郎ではなく自分ではないか）

と、思うのである。

そして、行き着くのが兄を頼るのではなく、自分でなんとかしなければならないと、ある種の強迫観念にとらわれているのだった。

（だから、おれは大河を……）

そう胸の内でつぶやいた道三郎は、カッと目をみはり壁の一点を凝視した。

大河とは年も同じで気が合う。それに大河は腕も上げた。もう少し練度が上がれば、師範代としても不足はない。

（あやつを育てなければ……）

道三郎は大河のことを思い、そしてつぎなる大河の相手のことに考えをめぐらした。

六

黒船騒ぎが落ち着き、江戸の町は盛夏を迎えていた。蟬の声はかしましく、高く上った日は地肌を焼き、道には逃げ水ができた。

そんな暑い夏でも大河の稽古《けいこ》熱心は変わらない。とにかく頭にあるのは強くなりたい、そのためには鍛錬しなければならぬということである。そして、生計を立てるために内職で稼ぐということだ。

高柳又四郎に勝ったことは、いっとき噂になりはしたが、なんだか黒船騒ぎで立ち消えた恰好《かっこう》になっていた。名のある剣士一人に勝ったぐらいでは、名は上がらない。代稽古《だいげいこ》をつけてくれと言ってくる道場もなかった。

つぎなる相手については、道三郎にまかせているが、このところあまり顔を合わせていなかった。

それに、道場に通う門弟が以前より少なくなっていた。鍛冶橋道場には鳥取藩の子弟が多いが、同藩池田《いけだ》家も他藩と同じように海防の任に就かされているからだった。

そんな頃、こやつは面白いという男が道場に姿を見せるようになった。柏尾《かしお》馬之助《うまのすけ》という若者だ。年は大河より三歳下で、体もさほど大きくなく、いまだあどけない顔をしていたが、動きがよい。

馬之助は、新材木町《しんざいもくちょう》は杉森稲荷《すぎもりいなり》そばにある定吉の屋敷の内弟子だった。鍛冶橋道場に姿を見せるようになったのは、定吉が鳥取藩に召し抱えられ、江戸藩邸において撃剣指南役に任じているからだった。

大河はその馬之助に稽古をつけたあとで、自分の近くに呼んで話をした。

「すると、家督が継げぬから剣術をきわめようというわけか」

なるほどなと、大河はにきび面の馬之助を眺める。

馬之助は阿波《あわ》国の出身で、父親は蜂須賀《はちすか》家の家臣だという。十三歳で定吉の屋敷に居つき、雑用をこなしながら内弟子になっていたのだ。

「弟子になって三年か……」

「そんなものです」

馬之助はあっさり答えるが、大河は内心驚いていた。掛かり稽古の相手を何度かしているが、まったく油断できないのだ。

（こやつ、強くなりそうだ）

最近、道場に通ってくる門弟に物足りなさを感じていたので、大河は少し楽しくなり、しばらく稽古の相手を馬之助にさせようと考えた。

それから数日後のことだった――。

大河がいつものように傘張り内職をしている日暮れ方、徳次がいささかこわばった顔で訪ねてきた。いつもの愛嬌《あいきょう》ある顔が引きつってもいた。

なにかあったのかと問えば、もじもじしながら相談があると言う。

「どんな相談だ？」

「うちの店が困ったことになっているんです」

「困ったこととは……」

大河は糊《のり》をつけた刷毛《はけ》を置いて徳次を見る。

「じつはうちの姉をもらい受けたいという人がいるのですが、うちの親はその相手のことを気に入らないらしく、話を断ったのです。その場は先様も納得してお帰りになったのですが、翌《あく》る日にまた店に来て同じ話をされたのです。親はやはり同じく断りましたが、相手は今度は、おとなしく引っ込まずに、大声で悪態をつき、せっかくのおれの申し出を断るとは勘弁ならねえ、このままでは腹の虫が治まらねえ、こんな店潰《つぶ》してやると息巻いて帰ったんです」

「その相手は何者だ？」

「忠七《ただしち》という神明《しんめい》町の香具師《やし》の親分なんですが、半ばやくざみたいな親分で、五日前から店のまわりに柄のよくない子分たちが居座って動かないんです。おかげで得意客も一見客も店に寄りつかなくなりまして……」

「店のまわりに居座っての嫌がらせか。そりゃあ困るな」

「とくに悪さをされるわけではないので、御番所にも相談できませんし、町の親分に話をしても、おれは知らないとそっぽを向かれるんです」

徳次の言う町の親分というのは、町方から手札をもらっている岡っ引きのことだ。

「なにゆえ岡っ引きがそっぽを向く？」

「どうも忠七親分に脅されているか、金をもらっているんだと思います。誰に相談すればよいかわからなくなりまして……」

「おまえの親はなんと言ってるのだ？」

「昨日、忠七親分に掛け合いに行ったんですが、どの面下げてうちの敷居をまたぎやがると怒鳴られ、追い返されたそうで……。町役に話をしても、相手が店の近くにいるだけで、悪さをしていなければどうにもならないと言うだけです。だけど、このまま半月も一月も同じことをされると、ほんとうに店は潰れるかもしれません」

大河は短く考えてから、

「その子分らはいまも店の近くにいるのか？」

と、弱り果てた顔をしている徳次を見た。

「います」

「それじゃおれが話をしてみよう。なにも悪さはしていなくても、迷惑をかけていることに変わりはないだろう」

「そうなんです」

大河は大小を腰に差し、ついでに木刀を手にして長屋を出た。

徳次の実家は新両替町二丁目にあった。通町《とおり》（東海道）に面した間口四間の大店《おおだな》である。すでに町は黄昏《たそがれ》れており、日没前の残光が西の空に浮かぶ雲を赤く染めているだけだった。通りにある商家は暖簾《のれん》を下げたり、大戸を閉めはじめていた。行き交う人は家路を急いでいるのか、足を速めていた。

「あの者たちか？」

大河は徳次の実家、乾物屋吉田屋のそばで立ち止まった。たしかに柄のよくない男たちが店のそばにたむろしている。

「表戸を閉めたので昼間より少なくなっています」

徳次はかたい表情で言う。

「朝からいるのか？」

「店を開ける頃にやってきて、ずっといます。わたしも文句を言ったんですが、匕《あい》首《くち》をちらつかせたり、いまにも殴りかかりそうな顔で拳《こぶし》を振り上げるんです」

大河は店の前にいる男たちを眺めた。吉田屋の両脇に分かれている男たちは、全部で八人ほどだ。

「ま、話をしてみよう」

大河はそのまま男たちのそばへ歩み寄った。天水桶《てんすいおけ》の脇にいた四人が、じろりと見てきた。目つきがよくない。

「おぬしら、ここでなにをしている」

大河は落ち着いた顔で四人の男たちを眺めた。みんな二十代前半か半ばぐらいだろう。

「なんだ、あんたは？　おれたちがなにをしていようが勝手だろう」

痩《や》せた男が立ち上がった。胸元を大きく広げている。

「聞けば、ここに居座っているそうではないか」

「おいおい、因縁でもつけに来たのかい。それとも吉田屋にでも頼まれた浪人か」

色黒で体のがっちりした男が、扇子で胸に風を送りながら、大河に詰め寄り、下からにらみ上げてくる。

「おぬしらのような男が、店のそばをうろつき、居座っていれば迷惑であろう。もっともそれが目当てなのだろうが、いい加減にしてくれないか」

「なにが迷惑だ！　ここで休んじゃいけねえって法でもあるのかい！」

色黒は使っていた扇子を閉じて怒鳴った。

「嫌がらせだろう。それがわかってわざと居座っているのだろう。とにかく店の迷惑だ。吉田屋も弱り切っている。忠七という男の腹いせのようだが、ここまでにしてくれぬか」

「おい、ふざけたことぬかすんじゃねえッ」

一方にいた四人の男たちもそばにやってきて、大河を囲むように立った。

「若い侍だな。浪人かい？」

新たに声をかけてきたのは、右頬と左眉《まゆ》の上に古い傷跡があり、腰に大刀を一本差していた。

「ま、浪人と言われればそれまでだが、おとなしく帰ってくれ。明日からは迷惑をかけないでほしい」

「迷惑迷惑とうるせえ野郎だ。おれたちがなにをしたってんだ。言ってみやがれッ」

男は古傷のある頬をひくつかせてにらんでくる。腰の刀に手をやりもした。

「喧嘩《けんか》なら買うぜ」

色黒が袖《そで》をまくって気色ばんだ。

「喧嘩を売っているのはおまえたちではないか」

大河はあくまでも落ち着いて応じる。

「因縁つけてんのはてめえだ！　おい、やっちまえ！」

色黒が怒鳴るなり殴りかかってきた。

七

大河は色黒の右腕をつかみ取るなり、腰に乗せてたたきつけ、つぎに殴りかかってきた一人の顎《あご》を掌底《しょうてい》で突いた。さらに横から襟をつかみに来た男の腕をひねり上げ、足払いをかけて倒した。

三人を倒したのはあっという間のことである。他の男たちが、警戒して少し下がった。だが、懐から匕首を取り出す者がいた。さらに、顔に古傷のある男は腰の刀を抜き払った。

「てめえ、よくもおれの仲間を……」

古傷は刀を中段に構えてにじり寄ってくる。

「怪我をするぞ。刀を引け」

大河は忠告した。左手に木刀を持っているが、いざとなったら使うつもりになった。

「嘗《な》めるな。てめえ、名はなんという?」

この男たちは相手が侍だろうがお構いなしのようだ。それとも、若い大河を軽んじているのかもしれない。

「山本大河だ。きさまは?」

「忠七一家の一の子分、三本松《さんぼんまつ》の半次《はんじ》だ。よく覚えおけ」

「使えもせぬ刀を持てば怪我をするだけだ。引け」

「黙れッ!」

三本松の半次はいきなり斬りかかってきた。大河は左手に持っていた木刀で、半次の刀をすり落とすなり、肩に一撃を見舞った。軽く打ったつもりだったが、半次はそのまま前のめりに倒れ、肩を押さえてのたうちまわった。

「この野郎！　よくもやりやがったな！」

背の高い男が、匕首を振り上げたが、大河がすっと木刀の切っ先を向けると、臆《おく》したように後じさった。

「やるならやってもよいが、これ以上おれにかまえば容赦せぬ。怪我をしたくなければ、去《い》ねッ」

言うなり、木刀を二度振った。びゅんびゅんと、すさまじい風切り音がした。

その迫力に負けたのか、男たちはさらに後じさり、

「くそッ。このままですむと思うんじゃねえぜ。野郎どもいったん引き上げだ。半次さん、大丈夫か？」

背の高い男は半次に手を貸して起こすと、もう一度大河をにらみ、そのまま歩き去って行った。

大河がふっと息を吐くと、徳次が駆け寄ってきた。それにいつの間にかまわりに野次馬が立っていた。商家の窓から顔を出している者もいれば、戸口の前に立っている者もいた。

「山本さん、あいつらまた来るかもしれませんよ」

徳次はおどおどしながら言う。

「だろうな。このままではすむまい」

「どうするんです？」

そのとき、「徳次、徳次」と呼ぶ声がした。吉田屋の前に立っていた男だ。大河がそちらに目を向ける、

「うちのおとっつぁんです」

と、徳次が言った。

「こりゃあ困ったよ。このままではすまないよ。おまえのお知り合いかい？」

徳次の父親がやってきて、大河を見た。

「同じ道場の山本大河さんだよ。ときどき稽古《けいこ》をつけてくださるんだ」

徳次が大河を紹介した。

「そりゃあどうもお世話になっています。徳次の父親の五兵衛《ごへえ》と申します。それにしても困りました。あの人たちはこのまますんなり引っ込みはしませんよ」

「そうであろうな」

「そうであろうって……」

五兵衛はびっくりしたように目をまるくした。徳次と同じふっくらした丸顔だ。

「話は徳次から聞いたが、嫌がらせをされているのであろう。町役も町の親分も頼

りにならないらしいではないか」

「へえ、それはしかたないことです。ただ店のまわりをうろついているだけで、悪さをするわけではありませんから、どうにもしようがないんです」

「放っておけばやつらはいつまでも同じことをするのではないか」

「だから困っているのですが、こんな騒動になると、相手が相手ですから」

「相手というのは娘さんを見初めた忠七という男だな」

「わたしもよく知らなかったのですが、神明町の忠七と言えば、香具師《やし》の親分で名を売っている男でした。元は金杉《かなすぎ》の清蔵《せいぞう》一家にいたやくざ者なんです。そんなところに、まさか娘をやるわけにはいかないので、丁重にお断りしたのですが……」

五兵衛はそう言ったあとで、倅《せがれ》の徳次を見て、

「おまえが山本さんに頼んだのかい？」

と、しかめ面をした。

「頼まれてはおらぬ。話を聞いて黙っておれなくなったのだ」

大河は徳次の庇《かば》い立《だ》てをして言葉を足した。

「たしかにこのままではすまぬだろう。だが、案じるな」

「は……」

五兵衛は目をしばたたく。

「これからその忠七に会いに行く。このままおとなしくしていれば、大勢で押しかけてくるだろう。その前にこっちから乗り込んで話をする」

「それは無茶というものです」

「無茶であろうが、放っておけば、店はもっと困ることになるはずだ。あやつらはおれのことを、吉田屋の用心棒と思っている。つまり吉田屋が、嫌がらせをやめさせるために雇った浪人だと」

「はたまたそれは困ったことに……」

五兵衛は情けなさそうに両眉《まゆ》を下げ、大きなため息をつく。

「さっきの騒ぎは、勝手に口出しをしたおれのせいだ。始末はおれがつける。店の迷惑にならぬように話をする。徳次、忠七の家はわかるか？」

「大まかには聞いています」

「よし、家の近くまで案内しろ。忠七の家がわかったら、おまえはそのまま帰れ。まいるぞ」

徳次は心許《こころもと》ない顔を五兵衛に向けてから、大河のあとに従った。

第三章　奸《かん》計《けい》

一

「徳次、おまえにこれを預けるが、忠七の家がわかったら、そのまま店に帰るんだ。親父殿が心配されている」

大河は芝口橋をわたったところで、手にしていた木刀を徳次にわたした。

「しかし……」

徳次がおどおどした顔を向けてくる。

「なんだ？」

「山本さん一人で……相手は香具師と言っても、元はやくざだと言います。それに子分たちも大勢いるのでは……」

「それがどうした。相手は道理をわきまえぬ不心得者ではないか。黙っていれば、ますますつけ上がり、おまえの店をほんとうに潰《つぶ》すかもしれぬ。その前に釘《くぎ》を刺すだけだ」

徳次は黙り込んでついてくる。

すでに夜の帳《とばり》は下りている。通りのところどころにある料理屋や居酒屋のあかりが、薄ぼんやりと縞目《しまめ》を作っている。

昼間の賑《にぎ》わいは去り、人の姿もめっきり少ない。ときどき野良犬が道を横切っていった。

大河は歩きながら幼い頃のことを思い出した。似たようなことがあった。

隣村に年下の仲間をいじめた猪助《いのすけ》という少年がいた。大河が猪助に話をしに行くと、自分の非を認めず、挙げ句仲間を集めて大河を袋だたきにしようとした。

大河は逃げなかった。殴られても足蹴《あしげ》にされても、かかってくる者たちには目もくれず、ただひたすら前へ前へと進み、猪助を捕まえて取っ組み合った。

年も上で体も大きい猪助は、大河の腕を折ろうとしたが、肩に嚙《か》みつき、頭突きを食らわせてうまく逃げて立ち上がった。猪助も立ち上がって向かってきたが、その瞬間、大河は股間《こかん》を思い切り蹴り上げた。倒れると、馬乗りになって殴りつけ、両襟をつかんでぐいぐい首を絞めた。猪助が音を上げなかったなら、あのとき殺していたかもしれない。

しかし、猪助が泣き言を漏らして負けを認めたので、それで許してやった。そのことで猪助の仲間も大河を恐れ、以来手を出してこなくなった。

これからのこともそれと同じだと思った。雑魚《ざこ》の相手をする必要はない。忠七という香具師の親分と、一対一で話し合うだけだ。

「山本さん、その先です」

宇田川《うだがわ》町を過ぎてすぐ、神明町に入ったところで徳次が立ち止まった。二本目の路地を行った先だと言う。

「わかった。徳次、ここでいい。おまえは帰るんだ」

徳次は躊躇《ためら》いを見せたが、もう一度大河が帰れと強く言うと、

「気をつけてください。無茶はしないでください」

と、言い残して去って行った。

大河はそのまま路地に入った。数軒の店のあかりがあり、その先にうごめく人の影があった。提灯《ちょうちん》を持ち、捻《ねじ》り鉢巻きをし、たすき掛けだ。四の五の六つ……と、大河は男たちを数えながら近づいた。

「あッ」

提灯を掲げ、驚きの声を漏らしたのは、先刻たたきつけてやった三本松の半次だった。

「てめえ、なにしに来やがった」

半次がにらんできた。家のなかから新たな仲間が飛び出しても来る。突棒《つくぼう》を持ったり、長脇差《わきざし》を腰に差していたり、木刀を持っていたりと物々しい。

「忠七という親分に会いたい」

「てめえなんぞに親分が会うわけねえだろう。おい、この野郎だ。この浪人が山本大河という吉田屋の用心棒だ。飛んで火に入るなんとかって按配《あんばい》じゃねえか」

半次が腰の刀をさっと抜き放つと、まわりの仲間も手にしている得物を構えた。

「喧嘩《けんか》をしに来たのではない。忠七親分に会わせろ」

「ならねえ。ここから先は一歩も通しゃしねえさ。通りたきゃ通ってもいいが……」

半次がさっと刀を振り上げると、他の仲間も槍《やり》や木刀を突き出そうとした。

「忠七親分に取り次いでくれぬか。きさまでは話にならん」

大河は少し下手に出た。

「なんだと」

半次が牙《きば》を剝《む》くような顔をした。

「カアーッ！」

大河はいきなり胴間声を張り上げた。その大音声に半次の仲間が驚いて後じさった。

「取り次いでくれと頼んでいるのだ。どうしてもおれとやりたいというなら、忠七親分と話をしたあとでいくらでも相手になる。それなら文句なかろう」

大河がそういったとき、戸口から一人の男が出てきた。

「なにを騒いでやがる？」

大河の大声は無駄ではなかったようだ。出てきたのは忠七だった。

「親分、さっき話したのはこの野郎です。のこのこやってきましたぜ。どうしやす？　ここで血祭りに上げちまいますか」

半次は忠七を振り返って言う。大河はその忠七を見つめていた。

「おれの子分が世話になったそうだな」

「筋の通る話をしたい。おれは喧嘩をしに来たのではない」

「さようか。ま、いいだろう。入れ」

忠七は顎《あご》をしゃくって大河をうながした。気色ばんでいた子分らはそのことで、手にしていた得物を下げて、大河に道をあけてやった。

忠七の家は五十坪ほどの一軒家だった。戸口を入ったすぐの壁には、鳶口《とびぐち》や突棒や槍の他にいくつもの提灯が掛けられていた。

大河は通された座敷で忠七と向かい合った。行灯《あんどん》と燭台《しょくだい》のあかりに忠七の顔が浮かび上がると、大河は意外に思った。もっと年を食っている男だと勝手に想像していたが、まだ三十にも満たない若い男だった。

「山本大河さんとおっしゃるんだな。若いな。いくつだい？」

「十九です」

大河は敬語を使った。忠七の出方を見るためである。

「それで吉田屋に雇われたのかい？」

忠七はじっと見てくる。目鼻立ちの整った男だ。役者にしてもおかしくないかもしれない。しかし、目つきはただ者ではない。

「雇われてはいません。吉田屋の倅《せがれ》はわたしの通っている道場の門弟で、わたしが面倒を見ている男です」

「道場……」

忠七は眉宇《びう》をひそめた。

「玄武館、鍛冶橋道場です。聞けば、親分は吉田屋の娘をもらい受けようとしたが断られた。その腹いせに子分らを吉田屋に送り込み、嫌がらせをしている。そういうことですな」

忠七はしばらく黙り込んだ。視線をめぐらせ、煙草盆を引き寄せると、長煙管《キセル》を手にして煙草を喫《の》みはじめた。

濡《ぬ》れ縁《えん》から夜風が吹き込んできて、蚊遣《かや》りの煙と煙草の煙を流した。どこかで「じぃ」と、夜蟬が短く鳴いた。

「なにを言いたいのだ」

「気に入った女をもらおうとして断られた。癪《しゃく》に障るでしょう。その気持ちはお察しいたします。されど、子分を送り込んで吉田屋に迷惑をかけることはないでしょう。忠七さんは、大勢の子分をお持ちの親分さんではありませんか。どんなに癪に障ろうが、互いに非がなければ、パッと潔く身を引くのも男の道ではありませんか」

「パッと潔く……」

忠七は鋭い目を一度くわっと見開き、煙管を灰吹きに打ちつけた。

「親分に得はなかったでしょうが、損もしていらっしゃらない。そうではありませんか」

大河はあくまでも忠七を立てる物言いをする。

「損得勘定で割り切れねえものもある。それが身過ぎ世過ぎの世間てェもんだ。だがよ、山本さんとおっしゃったな。十九歳だと。若いわりにはずいぶん肚《はら》が据わってるじゃねえか。ここへ一人で乗り込んでくるとは、見上げた度胸だ。それで、おれにどうしろと……」

忠七はじっと凝視してくる。蛇のように冷たい目だった。

「吉田屋は迷惑をしている。嫌がらせをやめてもらいたい。ただそれだけです」

「ならねえ。おれは吉田屋を潰《つぶ》すと決めた。あの店が潰れるまで子分らを通わせる」

大河は眉尻《まゆじり》を吊《つ》り上げ、目に力を入れた。すぐに忠七が言葉を足した。

「そう言ったらどうする？」

「命をもらい受ける」

大河は腹の底から絞り出すような低い声で答えた。忠七が凝視してくるが、大河も負けずと見返す。

短くにらみ合ったが、忠七が口の端を緩め、ふふふ、ふふふと笑った。

「気に入った。若いのにあんたのような侍に会ったのは初めてだ。おれの命を取ると言った。ふふふ、面白《おもしれ》ェ。パッと潔く身を引くのも男の道か……」

大河は隣の座敷と廊下、それから庭の暗がりに人の気配を感じていた。いざとなれば、飛び込んでくるような危険な臭いがあった。忠七の出方次第では、本気で戦おうと肚をくっていた。

「わかった。あんたを男と見て話を呑《の》んでやる。吉田屋から手を引く」

大河はホッと胸を撫《な》で下ろした。だが、表情には一切出さない。相手は油断できない男だ。

「約束ですよ」

「男と男の約束だ」

「忠七さん、あなたはその男ぶりに負けぬ、骨のある人とお見受けした。話ができてようございました」

「おれもあんたに会えてよかったと思っている。また会うこともあろう。おれのことを忘れないでくれ」

「承知。では、これにて失礼つかまつる」

大河はあくまでも忠七を立てて頭を軽く下げて立ち上がった。

「山本さん、玄武館鍛冶橋道場だとおっしゃいましたな。免許持ちで……」

「いかにも」

「ようくわかりました。では、お気をつけて」

大河はそのまま忠七の家を出た。門口には半次たちがたむろしていたが、帰り際にはなにも言わずに通してくれた。

大河はそれでも緊張感をゆるめずに歩いた。安堵《あんど》の吐息をついたのは、宇田川町まで来たときだった。

「やれやれだ」

というぼやきも口をついた。

二

「ありがたく頂戴《ちょうだい》いたす」

大河は内職の発注主である半兵衛から金をもらって礼を言った。一本につき五文の傘張り仕事だが、一日にこなせるのはせいぜい四十本から五十本なので、月の稼ぎは五千文程度だ。この当時の一両は六千文から七千文ほどなので、一両に満たない月収であるが、倹約をすればなんとか暮らしを立てることができた。

「あんたみたいに仕事の早い人がいると助かる。これからもよろしゅう頼みますよ。

それにしても黒船はどうなっちまったんだろうね。あんなに大騒ぎしていたのに、もう誰もそんな話をしなくなった」

半兵衛はそう言って茶を勧めた。

「また、来年来るという話だ」

「へえ、また来るのかね」

半兵衛は額に蚯蚓《みみず》のようなしわを走らせて驚く。

「詳しいことは知らぬが、そんなことを聞いた」

「すると、また大騒ぎだね」

「どうなるか知らぬが、お上も大変であろう」

大河は茶を飲むと、骨だらけの傘束を両脇に持ち、さらに他の束を背負って半兵衛の店を出た。着物を尻端《しりはしょ》折りし、頰《ほ》っ被《かむ》りというなりである。生きていくためにはなり振りかまってはいられない。

内職をしているのは道場の誰もが知ることではあったが、やはりこんな姿はあまり見られたくない。早く内職をせずにすむようにならなければならないが、なかなか思い通りにはいかない。

歩きながらはたと気づくのは、江戸詰の勤番侍がこの頃増えたことだ。黒船騒ぎのときには物々しい出《い》で立ちであったが、いまは以前と変わることがない。行商の風鈴売りや団扇《うちわ》売り、あるいは冷や水売りの姿を見る。

空の一角には入道雲が聳《そび》え、かしましい蟬の声が広がっている。

そこには常と変わらぬ江戸の町並みがあったが、大河の知らないところで新たな動きがあった。

まずは幕府である。黒船でやってきたペリー一行を久里浜に上陸させた幕府は、とりあえずアメリカ大統領の国書を受け取るに留《とど》めたが、江戸湊《みなと》沿岸の警備強化を急ぎ計らなければならなかった。

老中首座にある阿部正弘はその対応に追われていたが、重臣らのなかには異国船の来航は一年前にわかっていたのに、有効な手段を講じられなかったと阿部を責め、遅きに失した感は拭《ぬぐ》えぬが、さらなる海防の強化を訴える重臣が出、大目付《おおめつけ》深谷遠江守《ふかやとおとうみのかみ》からは大船の建造と大砲鋳造を急げという意見が出された。

そんな折も折、六月二十二日に将軍家慶が薨去《こうきょ》し、老中の阿部はその後の後継者問題に頭を痛めなければならなかった。生前、家慶が自分の継嗣には一橋《ひとつばし》家の慶喜《よしのぶ》が穏当であろうと言っていたためである。

この考えに、島津斉彬《しまづなりあきら》や徳川斉昭《なりあき》も賛同していたが、大老井伊《いい》直弼《なおすけ》などの南紀《なんき》派は、後継候補として紀州《きしゅう》藩主の慶福《よしとみ》を推挙していたために、将軍継嗣問題は困窮していた。

結局は阿部正弘らが南紀派と一橋派を押し切り、家定《いえさだ》に落ち着いたのだが、阿部はペリーの開国要求に頭を悩ませなければならなかった。

幕府内には攘夷《じょうい》論が高まり、阿部は黒船が去るなり西洋砲術の普及に努めていた江川太郎左衛門《えがわたろうざえもん》に砲撃用台場の造営を命じた。

それと並行するように長崎出島《でじま》のオランダ商館にはたらきかけ、オランダに軍艦を発注し、各藩に軍艦建造を奨励した。だが、財政事情が厳しい諸藩の多くが「ご容赦願い」を提出した。

そういった事情を鑑《かんが》みた大目付深谷遠江守は、再来航するであろうペリーへの対処として、ひとまず穏便に取り計らうように上申した。要するに時間稼ぎをして、自国の軍備増強を急ごうという狙いであった。

また、大河が浦賀で偶然出会った佐久間象山と吉田松陰も、ペリー艦隊を目の当たりにして危機感を募らせていた。

相手はたった四隻の軍艦ではあったが、もし異国がその十倍、いやもっと多くの艦艇で江戸湊と言わず、諸国の港湾に侵入するならば、陸上において戦闘に及ぶしかない。諸藩は幕府頼みにしていれば、夷狄《いてき》の侵略を容易に許すであろうから、日本の武士が肚《はら》をくくって総出で立ち上がるときが迫っていると力説した。

しかし、そんな危機感は庶民には浸透していなかった。

大河然《しか》りである。とにかくおのれの剣を磨き、早く人並みの暮らしができるようにならなければならない。

その先に自分の目標とする「日本一の剣士」があった。

剣の腕は磨きたい、しかし暮らしを立てるために、内職を怠るわけにはいかないという忸怩《じくじ》たる思いを抱えながら、大河は今日も傘張りをするのだった。

日が落ち、戸口の前を同じ長屋の職人らが通り過ぎていく。ときどき、大河の仕事を眺めて立ち去る大工もいるし、使いから帰ってきた子供も顔をのぞかせる。

長屋の連中は、大河が玄武館鍛冶橋道場の門弟であるというのを承知している。気さくに声をかける者もいるし、ときに余り物だが食べてくれと、野菜や煮物などを差し入れてくれるおかみもいた。

それは、神明町の忠七と話をつけてから四日後の夕方だった。夕立ちがあり、わずかだが涼を感じさせる風が戸口から入り込んでいた。

大河はいつものように道場から帰ってくるなり、内職の傘張り仕事に精を出していた。隆と盛り上がった上半身をさらし、刷毛《はけ》で糊《のり》を塗って油紙を丁寧に張っていく。当初は失敗の連続だったが、もう手慣れたものだ。

「山本さん」

遠慮がちの声がして戸口を見ると、徳次がいつもの愛嬌《あいきょう》ある顔で立っていた。

「おお、おまえか。今日は道場に来なかったな」

「今日は気乗りしない店の手伝いをさせられまして行けなかったんです。それより、あれ以来店のほうに忠七の子分らが来なくなりました」

「それはなによりだ」

「山本さんのおかげです。それで、うちのおとっつぁんがお礼をしたいと言っているのです。暇をいただいて、店のほうに来てもらえませんか」

「おまえの店に……だが、おれは礼をされるほどのことはしておらぬ。忠七と話し合っただけだ」

「その話し合いがよかったのです。是非にとおとっつぁんが言っていますので……」

「これからか？」

「忙しいのでしたら明日《あした》でも明後日《あさって》でもかまいませんが……」

大河は剥《む》き出しの腕に止まった蚊をたたき潰《つぶ》して、少し考えた。呼ばれるのはやぶさかではない。それに今日も明日も同じようなものだ。

「わかった。これから伺おう」

三

徳次の案内を受け吉田屋へ行くと、奥の客座敷に通された。

庭に面した座敷で、縁側に簾《すだれ》が垂らしてあり、蚊《か》遣《や》りが焚《た》かれていた。床の間には山水の軸が掛けてあり、横の柱にある木槿《むくげ》の一輪挿しが、行灯《あんどん》のあかりに浮かび上がっていた。

その座敷には高足膳《ぜん》が据えられ、料理が載っていた。刺身に天麩羅《てんぷら》、吸い物、香の物と、滅多にお目にかかれないご馳走《ちそう》である。

座敷に入った大河を迎えた吉田屋五兵衛は、丁寧に両手をついて頭を下げ、忠七一家の迷惑がなくなったことと、大河の取り仕切りをべた褒めして、

「なんのお礼もできませんが、どうか遠慮なく召し上がってくださいませ。それに徳次には日頃から目をかけていただき、ありがとう存じます」

「いや、わたしはとくにこれといったことはしておらぬ。こんなことをされると、

かえって恐縮するではないか」

「大袈裟《おおげさ》なことではありません。ほんの心ばかりのお礼だとお考えいただければ結構でございます。まずは、ご酒を……」

五兵衛が酒を勧める。大河は杯《さかずき》を手にしたが、少し躊躇《ためら》った。

「ご酒はいけませんか？」

五兵衛は若い大河に気遣いを見せた。

「いや酒は嫌いではない」

そう答えると、五兵衛はにこやかな顔で酌をしてくれた。それからさあ食べてくれと、料理を勧める。隣には徳次も座り、いっしょに箸《はし》を動かした。

「この倅《せがれ》は道楽者で、剣術を習いたいと言って聞きません。我が儘《まま》とわかっていましたが、しかたなく玄武館のお世話になることになったのですが、山本様のような方と知り合いになり、この店の苦難も事なきを得ました。あらためましてお礼を申しあげる次第です。娘も呼ぼうかと考えたのですが、それでは山本様にかえって気を遣わせるのではないかと思い遠慮させましたが、娘も山本様に感謝しています」

「さほどのことはやっておらぬのだがな……」

大河は刺身をつまみ、天麩羅を食べる。遠慮はしなかった。酒は二合ほどでやめて、徳次に飯を所望した。その食いっぷりを見た五兵衛は、ほくほくした笑みを浮かべていた。

「気持ちがようございます。さもおいしそうに召し上がると、こっちまで嬉《うれ》しくなります。山本様のご実家は川越だと伺っていますが、ご両親はご健在で……」

「まだ若いから元気をしているだろうが、わたしは勘当の身だ」

「ヘッ、勘当……」

五兵衛は驚き顔をして目をしばたたく。

大河は自分が長男であること、父親が村名主であること、また親の押しつけに逆らい、家督相続を放棄したことを簡略に話した。

「それはもったいのうございますね。名主と言えば、名家ではございませんか」

「小さな村だ。それに名主と言っても、片田舎の村役人に過ぎぬ。おれにはやりたいことがある。ただ、それだけのことだ。徳次は家督を継げぬと言うが、そんなことはどうでもよいことだ。おのれの道はおのれで切り拓《ひら》く。おれはそう考えている」

大河は二膳目の飯にかかった。大食漢だ。

五兵衛は大河の話を聞いて、ぺしりと自分の膝《ひざ》をたたいた。

「えらいッ！　まことにさようでございます。徳次、おまえはいい人と知り合いになれて果報者ではないか。道場通いを許したのも、まんざら無駄ではなかったようだ」

大河の横で食事をしている徳次は、照れ臭そうに笑う。大河はガッガッと飯を頬張り、天麩羅をつまむ。こんな馳走を食べるのは久しぶりである。それにうまい。

「そうそう忘れないうちに……」

五兵衛が急にあらたまった顔で、高足膳の横に体を移して居住まいを正した。

大河は吸い物を平らげてから五兵衛に目を向けた。

「これはほんのお礼の気持ちでございます。どうぞお納めください」

五兵衛は懐から取り出した袱紗《ふくさ》包みを膝前に滑らせた。

すぐに金だとわかったが、大河は逡巡《しゅんじゅん》した。

「いや、こんなものをもらうわけにはまいらぬ」

「是非にもお納めください。どうぞ……」

五兵衛は袱紗包みを大河の膝前に押しやる。

「受け取れぬ」

大河が押し返すと、

「山本さん、おとっつぁんの気持ちです。納めてもらわなければ引っ込みがつきません」

と、横から徳次が声をかけてきた。

大河が徳次の顔を見ると、遠慮しないでくれと言う。

「……さようか。ならば頂戴《ちょうだい》つかまつるが、決して斯様《かよう》なことを望んで忠七と話をしたのではないからな」

「よくよく承知しております。どうぞお納めください」

五兵衛がさらに付け足したので、大河は押し戴《いただ》くようにして受け取った。それを見て五兵衛はホッとした顔になり、

「先ほど、やりたいことがあるとおっしゃいましたが、それはどんなことなんでございましょう？」

と、聞いてくる。

大河は徳次が淹《い》れてくれた茶に口をつけた。以前だったら、日本一の剣術家になることだと、豪語しただろうが、もうそのことは口に出さず、おのれの胸の内にしまっておくと決めていた。

「一言で言うのは難しい。ただ、小さくまとまった人間にはなりたくないということであろうか。世話になった親には迷惑をかけたが、せっかくこの世に生を受けたのだから、志を高く持って生きる。それがおれの生き方だ」

「はあ、たいしたものです。何事もそのくらいの気概がなければいけません。わたしも小さな店を商ってはいますが、そのお気持ちはよくわかります。それでひとつ相談があるんでございます」

五兵衛はさも感心顔をしたあとで真顔になった。

「なんであろうか？」

「先だってはこの店が難儀な目にあい、困っていましたが、また同じことがないとはかぎりません。ついては山本様に、この店の後見になっていただけませんでしょうか。奉公人もいますが、なにせみなひ弱な者ばかり、いざ厄介な揉《も》め事《ごと》が起きたときには役に立ちません。山本様なら剣の腕も器量も申し分ありません。後見をしてくだされば、手前どもも安心して商いができます」

「それは断る」

五兵衛は用心棒になってくれと言っているのだ。

「いえ、相応のお手当はお支払いしますので……」

「断る。そんな暇はない」

大河はきっぱりと断った。とたん、五兵衛はがっかりしたが、

「不躾《ぶしつけ》なことを申しました。どうかご勘弁ください」

と、引き下がった。

四

神明町の忠七は、その日、木挽町《こびきちょう》六丁目にある船宿伊豆《いず》屋の二階で島村八次郎《しまむらやじろう》という男と会っていた。

開け放された窓から目の前の三十間堀《さんじっけんぼり》が望め、遠くには江戸城も見える。空は真っ青に晴れ、夏の日射しを簾《すだれ》が遮っていた。

「どうです?」

忠七は島村を品定めするように眺める。

島村は目の前の酒をちびりと飲み、沢庵《たくあん》をぽりぽりとかじった。思案しているふうだ。体は丈夫そうだし、年も二十二歳と若い。肉付きのよい顔に、大きな眼に団子鼻。

島村八次郎は八王子《はちおうじ》の郷士の生まれで、大富《おおとみ》町にある士学館の門弟だった。第四代宗家を継いだ桃井春蔵もその腕を認めているらしく、免許をもらったばかりだ。

しかし、実入りは実家からの仕送りのみで、暮らしに窮していた。

「気乗りしませんか? 請けていただければ、十両の礼金を払うつもりです」

忠七が言葉を足すと、島村の大きな目がくわっと見開かれた。仁王のように眼光が鋭い。

「十両とはこれまた太っ腹なことを。まさか、その山本大河を斬れというのではあるまいな」

「木刀での勝負です。まさか、本身でやったらどっちかが死ぬことになりましょう。そうなれば、このあっしが咎《とが》を負いかねません。木刀なら死ぬことはないでしょう。まあ、打ち所が悪ければ怪我はするでしょうが……」

「木刀か……それにしても、なぜそやつのことを？」

いろいろ穿鑿《せんさく》しやがる若造だと忠七は腹のなかで思っても、口の端に笑みを浮かべていた。だが、立ち合わせるためには、理由を話しておく必要があるだろうと思った。その理由も前もって考えていたので、忠七は酒に口をつけてからゆるりと話してやった。

「山本大河はあっしの子分らを袋だたきにしたんです。それも因縁をつけてのいざこざだったんですが、相手は剣術使い。子分らは威勢はいいが、腕っ節はからきしありません。もっともやつらは、喧嘩《けんか》が商売じゃないんで、しょうがねえんですが……」

「その山本大河なる者は、どういう因縁を子分らにつけたのだ？」

四の五のと聞きやがる野郎だと、腹のなかで思っても、忠七は答える。

「新両替町で客人を待っていたんですが、往来の邪魔だし、近所の店の迷惑になるというだけです。子分らは八人いましたが、おとなしく客人を待っていただけなんです。それなのに……」

忠七は忌々しそうに長煙管《キセル》で、灰吹きをたたいた。

「さようなことであったか」

「請けてくれますか？　喧嘩ではありませんが、山本の野郎に一泡吹かせてやらなきゃどうにも気持ちが治まらねえんです」

「十両だな」

乗ってきたと、忠七はほくそ笑み、

「前金で三両、おわたししておきましょう」

小粒十二枚を入れた包み紙を差し出すと、島村八次郎の相好が崩れた。金に窮しているのは調べずみなので狙い通りだった。島村は躊躇《ためら》いを見せたあとで、

「承知した」

といって、金を受け取った。

「日取りを決めたら使いを出しますので、しばらくお待ちください」

島村はうなずくと、そのまま立ち上がって座敷から出て行った。

「うむ」

忠七はふっと短く嘆息して、表に目を向けた。風鈴がちりんちりんと鳴って、熱気を孕《はら》んだ風が蟬の鳴き声といっしょに吹き込んできた。

忠七は扇子を使って、胸元に風を送り、

（これでいいだろう）

と、その朝剃《そ》ったばかりの顎《あご》を撫《な》でた。

山本大河は若いのに肚《はら》の据わった男だが、生意気な若造に他ならない。えらそうに説教めいたことを口にして、おれを嘗《な》めやがった。

いつものことだが怒りはあとになって湧いてくる。吉田屋の娘のときもそうだったが、同じような怒りは、大河が話をするために乗り込んできた翌朝になって湧き、これでは子分らに示しがつかないと気づいた。ならばどうするかと二、三日考え、子分らの前で試合をやらせ、笑い物にしてやればよいという名案が浮かんだのだった。

「親分、うまく話がつきましたね」

座敷の隅に控えていた若い衆がそばに来て言った。

「面白くなるぜ」

六夜待ちしたくとも浜辺は侍ばかり――。

大河がそんな川柳を聞いたのは、七月二十六日の朝だった。江戸湊《みなと》の海岸には諸藩の士が警固のために海をにらんでいる。だから六夜待ちはままならないと言うのだ。

正月と七月の二十六日は、月の出を待って拝む習慣があった。三尊の弥陀《みだ》のご利益があると言うのだ。酔狂な町人は、眺めのよい海岸で宴を張ったりもするが、今年はそれができないと悲嘆しているのである。

だが、大河にはそんな悠長な趣味はなかった。ただひたすら鍛錬に励む毎日である。このところ、柏尾馬之助が稽古《けいこ》相手でやり甲斐《がい》を感じていた。

（こやつ、もう免許をもらえるのではないか）

その日の稽古を終え、汗を拭《ぬぐ》いながら馬之助の童顔を眺めた。三歳下だが、剣技が鋭く覚えが早い。もたもたしていると、追い越されかねないという危惧《きぐ》もあった。

「大河」

汗を拭い終わったとき、道三郎が道場にやってきた。

「久しぶりですね」

「いろいろと忙しくてな。稽古はすんだのだな」

道三郎は大河の様子を眺めて言う。

「これから相手していただけるなら、やりますよ」

大河はやる気を見せたが、

「今日は稽古に来たのではない」

と、道三郎は目の前にどっかり座ってあぐらをかいた。

「なにか？」

「つぎのおまえの相手だ。やはり、石山孫六殿にした」

「栄次郎先生に勝った人ですね」

大河は目を光らせた。

「土佐藩に覚えがめでたく、なかなか話が通じなかったのだが、今日石山殿に会うことができた。おぬしのことを話したら、いつでもかまわぬとおっしゃった」

「では、いつ？」

千葉栄次郎に勝った石山孫六を負かせば、おれの名は上がると、大河は勝手な胸算用をした。

「いつでもかまわぬといわれるが、あの方は土佐藩に覚えがめでたい。藩公の山内《やまうち》容堂《ようどう》様は、藩士の指南役として国許《くにもと》に招きたいらしい。そのために石山殿は土佐藩邸に足繁く通われている」

「藩邸はすぐそばではありませんか」

土佐藩江戸上屋敷は、道場に近い鍛冶橋をわたったすぐの場所にあった。ここしばらく顔を見せていない坂本龍馬が寄宿している藩邸である。

「うむ、暇は作るとおっしゃるが、八月十日ではどうだと言われた」

「おれはかまいませんよ」

「場所は土佐藩邸の道場になるはずだ」

「胸を借りるつもりで立ち合わせてもらいます」

「それまでまだ間がある。もし、栄次郎兄に会うことがあれば、どんな技を使うのか、それとなく聞いておくが、稽古を休むな。まあ、休むなと言っても休む男ではないか」

道三郎はそう言って小さく笑った。

五

大河のつぎの相手は決まった。

千葉の小天狗《てんぐ》と呼ばれる周作の次男栄次郎を負かした石山孫六である。相手に不足はなかった。それに試合まで十分な時間があった。

大河は翌日から稽古に人一倍熱を入れはじめた。道場には大河の発する大音声がひびき、風を切る竹刀の音が若い門弟たちを恐懼《きょうく》させた。

一人稽古は素振りからはじまるが、それは竹刀千回、木刀千回と決まっていた。つづいて足さばきである。これはいまは亡き師の秋本佐蔵にも言われたが、道場の師範である定吉も重太郎《じゅうたろう》も、

「基本は大切だ。怠ってはならぬ」

と、門弟らに繰り返し言い聞かせていた。

基本の稽古を終えると、相手を選んでの掛かり稽古や地稽古に移る。道場主の定吉は召し抱えられた鳥取藩江戸藩邸に行くことが多いので、代稽古《だいげいこ》は長男の重太郎がつけていた。しかし、重太郎は道場運営があるので、道場にいる時間は短いし、慣れぬ雑事に追われているらしくまったく姿を見ないこともある。

重太郎と稽古ができないときは、柏尾馬之助や栂野貫太郎《つがのかんたろう》を相手に汗を流した。栂野は津山《つやま》藩松平家の賄方《まかないかた》同心で、江戸留守居役の命で定府《じょうふ》の身だった。それに、賄方なので江戸湊の警固にはまわされていなかった。

免許皆伝取得は大河より三年早い。色が黒く農耕馬のような丈夫な体をしているが、動きは敏捷《びんしょう》で相手の竹刀を擦り上げると同時に、右の腕を使って投げ倒す技が得意だ。

大河はつぎに対戦する石山孫六がどんな男なのか知らないが、栂野と馬之助を相手に技の掛け合いを繰り返した。

それは通り雨といっしょに雷の鳴った日の夕刻だった。道場を訪ねてきた若い男がいた。たまたま大河が玄関そばにいたので、

「何用であろうか？」

と、応対に出ると、山本大河という門弟はいるかと言う。

「山本はわたしだが……」

大河は眉宇《びう》をひそめて相手を見た。見知った顔ではないし、褒められた風体でもない。

「おお、あんたですか。そりゃあ丁度よかった。あっしは神明町の忠七親分の下にいる弥吉《やきち》と言うんですが、親分が話があるので来てくれないかと言うんです」

「話……」

忠七との話し合いはすんでいる。これ以上関わり合いたくない男だ。

弥吉という男はさあと、首をひねり、

「とにかく来てもらいたいと言うんですが、……」

「いつだったら来られますか？」

と、催促する。

大河は考えた。もう稽古は終えていたので、あとは長屋に戻って内職をするだけだ。だが、吉田屋五兵衛から思いもよらぬ礼金をもらっているので余裕があった。

「なんの話かわからぬが、いまから訪ねよう。そう伝えてくれ」

「へえ、ではそのように……」

弥吉は無礼にも顎《あご》を引いただけで道場を出て行った。

大河は帰り支度をしながら、忠七のことを考えた。面倒な話なら断るが、いったいなんであろうかと考える。しかし、とんと見当がつかない。気になることは先延ばしにしたくないので、そのまま神明町に足を運んだ。

忠七の家を訪ねると、戸口にいた若い衆に早速座敷に通された。

「やあやあ、早速来てもらい申しわけない。さ、遠慮せずにこっちへ」

忠七は不敵な笑みを浮かべて迎えてくれた。金魚柄の派手な浴衣《ゆかた》姿だ。

「話があるそうだが……」

　大河は長居はしたくないので早速切り出した。

「おい、茶を持ってこい」

　忠七は近くにいる子分に言いつけ、まあ慌てないでくれと言う。茶をもてなすというのは、歓待しているのだろうが、大河には居心地の悪い家だ。

「道場には通っているんで？」

　長煙管《キセル》を吹かして忠七が聞く。

「毎日だ」

　大河は先日と違い、ぞんざいな物言いに変えた。

「そりゃあご熱心でなにより。山本さんは免許持ちでしたな」

　大河は暗にうなずく。

「まあ、あっしの仕事のことをご存じかどうか知りやせんが、手広くやってんです。売り物は香具に薬、歯磨きに白粉《おしろい》、紅や燧石《ひうちいし》となんでもござれで、見世物屋もやれば茶店もやる。もっぱら神社や寺の境内が縄張りなんで、滅多に町中ではやらねえ」

　忠七が言葉を切ったのは、茶が運ばれてきたからだ。子分が下がると、大河に茶を勧めて、言葉をついだ。

「ま、そんな按配《あんばい》なんで神社や寺には顔が利く。祭りのときは忙しくなるが、いまはその時季じゃない」

「用件を言ってくれぬか」

大河は雑談を嫌った。とたん忠七の顔が気色ばんだが、すぐに笑みを浮かべ直した。

「お呼びだてして、くだらねえおしゃべりじゃ無礼だわな。ちょいと相談なんですよ。あっしの知り合いが士学館にいるんです」

大河はピクッとこめかみを動かした。

「島村八次郎とおっしゃるまだ若い人だ。若いと言っても、山本さんより三つ上ぐらいか。その島村さんは免許持ちだ。野試合をやってみないかと持ちかけたら、二つ返事だった。それで、相手を誰にするか考えたんだが、ひょいとあんたのことを思い出しましてね」

大河は忠七の腹の内を読んだ。

「その島村さんと試合をしろということか……」

「早い話がそういうことです。どうです？　勝てば十両の褒美を出します」

人を金で釣って試合を組むということだろうが、この際大河にとって相手に不足がなければどうでもよいことだった。

忠七は探るような目を向けたあとで、すぐに言葉を足した。

「場所は芝神明《しばしんめい》境内。あっしの縄張りなんで、どうにでも都合はつく」

芝神明とは俗称である。正しくは飯倉神明宮《いいぐらしんめいぐう》と言い、九月の〝だらだら祭り〟が有名で、とくにその祭日になると、生姜《しょうが》や千木箱《ちぎばこ》（小判形の絵箱）を売る店が多くなる。

「島村さんは士学館だと言ったが、いかほどの門弟であろうか？」

「いかほどもなにも士学館の高弟ですよ。同じ免許持ちなら、恐れることはないでしょう。それとも尻尾《しっぽ》を巻いて断りますかい」

忠七は大河を焚《た》きつけるように癇《かん》に障ることを言う。

「ここへ一人で乗り込んできた山本さんだ。あんたほどの度胸持ちなら怖いものなんざねえでしょう」

「受けてもよいが、島村さんはおれのことを知っているのか？」

「あっしが話をしていやす。面白そうだと言ってました」

「ならばやってもよい」

「そうこなくっちゃ。それで使うのは木刀です。いいですか？」

「……かまわぬ。それで日取りは決まっているのか？」

大河は石山孫六との試合を控えている。同じ日なら都合がつかない。

「切りよく八朔《はっさく》ならと考えてんですが……」

八月一日なら問題がない。

「よかろう」

六

士学館は鏡新明智流《きょうしんめいちりゅう》の道場である。場所は大富町。真福寺橋《しんぷくじばし》に近く、町の西側に蜊河岸《あさりがし》があり、士学館のことを単に「蜊河岸」と呼んでもいた。

道場主の桃井春蔵は、昨年二十八歳の若さで、第四代宗家を継いでいた。門弟数も玄武館と引けを取らず、諸藩からの入門者も増えていた。

その道場の高弟の一人島村八次郎なる男と試合をすることになったが、大河はこのことを重太郎に告げるべきかどうか躊躇《ためら》っていた。

他流試合は禁止されていないが、一応許可を取らなければならない。しかし、重太郎は雑事に追われているらしく、なかなか道場に出てこない。道場に顔を出したとしても、大河は話すきっかけを失っていた。

そうやって島村との試合の日が近づいてきた。

（あと三日か）

その日の稽古《けいこ》を終えた大河は、相手をしてくれた栂野貫太郎に士学館のことを知っているかと聞いてみた。

「無論知っておる。四代宗家を継いだ桃井殿は、なかなかの腕だという」

「門弟に島村八次郎という人がいると聞いたのですが、ご存じではありませぬか？」

「島村……」

栂野は短く視線を泳がせて考えたが、

「聞いたことはないが、その島村がどうかしたのか？」

と、逆に問い返された。

大河はここで栂野に教えて、あとで重太郎に告げるのは筋ではないと考えた。

「かなりの練達者だという話を聞いたので気になったのです」

「同じ藩邸に士学館に通っている者がいるので、聞いてやろうか」

「是非にも……」

大河は目を輝かせて頼んだ。

その帰り道に、吉田屋の倅《せがれ》徳次が追いかけてきた。

「今日は稽古をつけてくださりありがとうございました。まっすぐお帰りですか？」

徳次はいつものように愛嬌《あいきょう》ある顔を向けてくる。

「なにかあるのか？」

「その、剣術のことをもう少し教えていただきたいんです。そのなんと申しましょうか、心構えと申しますか、気の持ち方みたいなことを」

「それは大事なことだな」

「重太郎先生に、剣に対する気の持ちようは大事だと言われたのですが、よくわからないのです」

「よいだろう」

大河は北紺屋町《きたこうや》の外れにある茶屋に徳次を誘った。床几《しょうぎ》に並んで座り、冷や水を注文した。

夏は終わりに近づいているが、暑さは和らぐ気配がない。日は傾きはじめているが、昼間の熱気が町屋にはこもっていた。暑さをいや増すのが蟬の声だ。

「おまえが知りたいのは剣術を習うにあたっての取り組み方であろう」

徳次は真顔を向けてくる。

「重太郎先生や定吉先生はどうお考えになっているのかわからぬが、おれの考えはひとつだ」

「それは？」

「ひたすら強くなりたい。その思いだけだ」

「強くなりたい思い……」

徳次は鸚鵡《おうむ》返《がえ》しにつぶやいて目をしばたたく。

「強くなるためには鍛錬が必要だ。だが、それだけではない。おのれの心を磨き、品格を備えなければならぬ。道場にいる強い人には風格があるであろう。定吉先生然《しか》り、重太郎先生然りだ」

「たしかに先生には近寄りがたい風格があります」

「だからといって粗野ではない。そうだな」

「そうですね」

「おまえは、なにゆえ剣術を覚えようとしたのだ？　なにゆえ玄武館を選んだのだ？」

徳次は短く考えた。目の前のお堀が夕焼けに染まりはじめた空を映していた。

「強い男になりたかったからです。玄武館に決めたのは、定吉先生の評判を聞いて是非にもと思いました」

「要するにいまより強い男になりたいから剣術を習っている。そうだな」

「はい」

「やわな気持ちでは強くはなれぬ。がむしゃらにならなければならぬ。つまり人の数倍の熱心さが大切だとおれは思う。教えてもらったら上達するという考えでは先はない。まずは目ざすところを決めることだ。背伸びせず、どこの誰それには負けぬ、必ず勝ってやるという気持ちを持つべきだろう。その相手を超えたなら、つぎなる相手が出てくる。その繰り返しだ。楽なことを考えていたら強くなれぬし、上達もままならぬだろう。熱心に稽古に打ち込んでいるうちに、いろんなことがわかり、見えてくる。それはおのれに足りないもの、他人にあっておのれにないものだったりと……」

「生半可な気持ちではいけないということですね」

「さよう」

徳次はわかりましたと、恐縮したように生真面目な顔になった。

大河は冷や水を飲んでから、話題を転じた。

「ところで、おまえは蜊河岸の士学館を知っているか？」

「もちろん知っております。道場に通っている方もうちの店に見えることがあります」

これは好都合だと大河は思った。つぎなる対戦者の島村八次郎がどんな男であるかを、自分から探ることには抵抗がある。もしそのことが相手の知るところになったら恥をかくであろう。

「免許持ちの島村八次郎という門弟がいると聞いた。どんな男なのか気になっているのだが、それとなく調べることはできぬか」

大河は徳次を見た。

「できると思いますが、なぜその人のことを？」

「試合をするかもしれぬからだ。だが、このことはかまえて他言ならぬ。ここだけの話にしておいてくれるか」

「承知しました。でも、試合を……」

「それも言ってはならぬ。おれとおまえだけの秘密だ」

「秘密……」

徳次は内証事を共有するという喜びを感じたのか、楽しそうな笑みを浮かべた。

七

翌朝、道場に行くと、重太郎が一人で稽古に汗を流していた。

「おはようございます」

大河が挨拶《あいさつ》をすると、重太郎が汗を噴き出した顔を向けてきた。

「これは大河、相変わらず早く来るな」

「癖と言っていいでしょう。久しぶりなので、お相手願えませんか」

「そうしたいところだが、これから池田家へまいらねばならぬ」

重太郎は汗を拭《ぬぐ》い、見所そばまで行って腰を下ろした。池田家というのは重太郎の父定吉が仕官している鳥取藩江戸上屋敷のことである。

大河は追いかけるようにして重太郎のそばへ行って座った。

「なにかとお忙しいのですね」

「殿様は黒船騒ぎ以来、異国に攻められ幕府が負けるようではならぬ。勝つためには、将来ある若い者たちの士風を作興するしかないとお考えだ。そのために稽古熱心でな。池田家の子弟には父上が指南されているが、わたしもときどき手伝えと請われたのだ。この道場があるので頻繁には通えぬが、五日に一度行くことになっている」

重太郎は話しながら脇の下や、胸のあたりを拭《ふ》き終わり、ふっと短く嘆息して大河をあらためて見た。

「お許しをいただかなければならぬことがあります」

「なんだ？」

「はい、士学館の島村八次郎なる門弟と立ち合うことになりました。若先生がだめだとおっしゃるなら、断りを入れなければなりません」

「島村……免許持ちか？」

「そう聞いています」

「他流試合はかまわぬが、後見は誰がやるのだ？」

「神明町の忠七なる香具師《やし》の頭です」

「香具師の頭……」

重太郎は短く宙の一点を見て思案顔になった。立ち合いを止められるなら、忠七に断りを入れに行かなければならない。

「よいだろ。おぬしは腕を上げておる。士学館の免許持ちなら相手に不足はなかろう」

大河はホッと胸を撫《な》で下ろす思いだった。

「では、立ち合うことにいたします」

「負けるな」

重太郎はそう言うと、そのまま道場を出て行った。

道場に残った大河は、稽古《けいこ》中の門弟らを眺めた。朝早くからやってくる門弟は、宿直《とのい》明けの勤番や、非番日の侍が多かった。武者窓から射し込む光を照り返す床板には、その門弟らの汗が散っていた。

大河はゆっくり素振りからはじめた。蝉の声は相変わらずかしましい。玄関や窓から吹き込む風がいつしか、熱風となって道場内を蒸していった。

素振りを終えた大河は、足のさばき、仮の敵を見立てた型稽古を繰り返す。そこまで約一刻ほどだ。噴き出す汗を拭い、水を飲んで喉《のど》の渇きを癒やすと、若い門弟の相手をしてやった。

昼近くになって桕野貫太郎がやってきた。早速大河を見つけると、そばに来て、島村八次郎のことを聞いてきたと言った。

「どんな男です？」

大河は目を輝かせて桕野を見た。

「なかなかの腕らしい。おそらく士学館では十本の指に入るだろうという話だ。なんでも剃刀《かみそり》の剣という技を使うらしい」

「剃刀の剣……それはどんな技なのです？」

「竹刀の切っ先で相手の皮膚を切ると聞いた。面をつけずにやれば、頬を切られるそうだ」

「皮膚を切る……」

つぶやく大河は具体的な絵を想像できなかった。それでも、皮膚を切るというのは、それだけ振りが鋭いということだろう。

「じつはその島村殿と立ち合うことになったのです。若先生に許しを得たばかりです」

「ほう、そうであったか。どういう首尾になったか、あとで聞かせてくれ」

「もちろんです」

その後、大河は桐野を相手に掛かり稽古と地稽古を行った。

桐野との稽古を終えると、大河は近所の一膳飯屋《いちぜんめしや》に行って丼飯《どんぶりめし》をかき込んだ。焼いた魚に味噌汁《みそしる》、漬物をおかずに飯は三杯である。

旺盛《おうせい》な食欲に近くに座る客が驚き顔で目をまるくする。このところ懐に余裕があるので、食事は大事にした。

その飯を食べ終えたときに、ひょっこり徳次がやってきた。

「こちらでしたか」

いつものにこにこ顔で隣に座り、

「島村八次郎さんのことが少しだけですがわかりました」

と、言った。

「教えてくれ」

しかし、大河の期待とは裏腹に、徳次が調べてきたことは通りいっぺんのことだった。

島村は大河より二歳上。八王子の郷士の次男で、肉付きのよい男。道場では一目置かれる存在だが、評判はあまり芳しくないと言う。

「評判がよくないというのはどういうことだ？」

「けちくさいらしいのです。借りた金を返さなかったり、道場仲間にたかることもあるとかで、島村さんをよく知る門弟は付き合いを避けているみたいです」

「ふむ。そういうことか……」

大河は目の前を飛ぶ蠅を払って島村のことを考えた。おそらく自分との試合は忠七に唆されたのだろうが、勝てば十両という褒美金に釣られたのかもしれぬ。要するに手許《てもと》不如意で、自分と同じく暮らしがきついのだろう。それだけ飢えている男と考えてもいい。だが、品格を保っているかどうかはわからぬことだ。

「まだ、調べろとおっしゃれば調べてきますが……」

「もうよい。島村殿との試合の件は、若先生にも話して許しを得た。おれは勝てばいいだけのことだ」

「山本さんなら負けはしませんよ」

「やってみなければわからぬことだがな」

大河は余裕の笑みを浮かべて道場に戻った。そして、稽古を終えて長屋に帰ろうとしたときに、忠七の使いだという弥吉に声をかけられた。先日もそうだったが、どうやら稽古が終わるのを待っていたようだ。

「なに用だ？」

「へえ、八朔《はっさく》の試合ですが、七つ（午後四時）に芝神明に来てもらいたいってことです」

「神明社のどこへ行けばよい」

「あっしが総門の前に待っていやす」

「うむ。承知した」

第四章　手　紙

一

八月一日、この日は権現《ごんげん》（家康《いえやす》）様が江戸に初めて入府した日とされ、諸国大名や旗本は白帷子《かたびら》を着て登城し、将軍に賀詞を述べ、進物の品を献上する儀式が執り行われる。だが、先の黒船来航と家慶薨去《こうきょ》という不幸があり、くわえて十三代将軍に就任した家定は病弱で健康がすぐれず、すべての儀式は老中の阿部正弘が代理で執り行うことになった。自然、従来の粛然とした儀式は簡略化され小さなものになった。

そんな城中に参集した諸国大名の話題は、もっぱら異国の接近に今後どう対処していけばよいかということであった。

また廓《くるわ》では紋日と呼ぶ衣替えをする日であり、秋のはじまりとなる。

そして、大河が士学館の高弟島村八次郎と試合をする日であった。

その朝、いつもよりゆっくり起きた大河は、午前中は体を休め、十分な食事を取り、八つ（午後二時）頃、鍛冶橋の道場へ足を運んで軽く型稽古を行った。

念を入れたのは足のさばきだった。先だって高柳又四郎と対戦したとき、又四郎の「音無しの剣」をつぶさに見て、その技を盗み取っていた。

それは紙一重で間合いを外すことである。呼吸と、相手の間合いを見切れば自分にもできると思い、稽古を積み重ね、やっとものにしていたが、その確認をしなければならなかった。

ただ、相手の島村は「剃刀の剣」を使うと言う。いったいどういう技なのか推量しにくいが、間合いを外すことでその技は封じることができるはずだった。

西にまわりはじめた日が、雲に見え隠れするようになったとき、大河は道場を出て神明宮に向かった。秋の初日とは言え、まだ夏の暑さの名残があった。

日蔭《ひかげ》町から神明宮が近づくにつれ、人の姿が多くなった。町人や侍に交じって、見るからに旅の者と思われる人の姿もある。このあたりの賑《にぎ》わいは、常から浅草寺《せんそうじ》門前のつぎだと言われている。

門前町に来ると、さらに人の数が増えた。芝神明の総門から出てくる人はひっきりなしだが、総門をくぐる人も絶えない。

「こっちです」

約束通り弥吉という忠七の子分が待っていて声をかけてきた。大河は無言であとについていく。総門から楼門を抜けると、いくつもの祠《ほこら》がある。右に天神・諏訪《すわ》・稲荷《いなり》・八幡《はちまん》、左に目を転じれば住吉・大黒・天王・春日の祠があり、その奥に拝殿と本社がある。

広い境内には、葦簀《よしず》張りの矢場、絡繰《からく》りの見世物小屋、茶屋、そして芝居小屋。手妻師の姿もあれば、子供踊りもいる。幟《のぼり》が風にはためき、境内にめぐらしてある軒提灯《のきぢょうちん》が揺れていた。

弥吉は拝殿の裏側の広場に案内した。そこには幔幕《まんまく》が張られており、忠七が床几《しょうぎ》にでんと座っていた。その両側に二十人近くの子分らが地面に座っていた。

大河が幔幕のなかに入ると、忠七が立ち上がって、

「待っていやしたぜ」

と、声をかけてきた。大河は無言でうなずき、対戦相手の島村八次郎を捜したが、それらしき姿はない。幔幕のなかの広さは、約四間四方だ。

「島村殿はまだか？」

大河が問うたと同時に、幔幕の一方がめくられ、着流しにつけた袴《はかま》の股立《ももだ》ちを取った男があらわれた。肉付きのよい顔に団子鼻、みはったような眼を光らせ、大河を一瞥《いちべつ》して、前に出てきた。

「山本さん、鏡新明智流の島村八次郎さんだ。島村さん、こっちが山本大河さんです」

忠七が互いを紹介すると、島村が小さく頭を下げた。大河も応じ返す。

「早速やりますか？　勝負は何番やります？」

忠七が大河と島村を見て聞いた。

「何番でもよい」

と、島村。

「使うのは木刀であろう。ならば一番でよいのではないか。寸止めが狂えば怪我をする恐れがある」

大河の言葉を受けた島村はにやりと笑い、

「怪我など恐れぬが、お手前が一番と申すなら、それでよかろう。忠七、いかがだ？」

と言って忠七を見た。

「あっしはどっちでもいいですが、一番と言うんでしたら、それでよいでしょう」

忠七はそう答えて、居並ぶ子分らを眺めて楽しそうな笑みを浮かべ、

「甚助《じんすけ》、はじめてもらおうじゃねえか」

と、そばに控えている男を見て顎《あご》をしゃくった。甚助と呼ばれた男は、そのまま立ち上がり、

「立ち合い検分をまかせられました、燕《つばくろ》の甚助と申します。よろしゅうお立ち会いお願いいたしまする。では、お腰のものを……」

所作と言葉つきから察すると、甚助は侍崩れのようだ。大河と島村が腰の大小を抜き取ると、別の子分が近づいてきて預かって下がった。

「ではお二方、支度のほうを……」

甚助が大河と島村を交互に見てうなずく。

大河は東に、島村は西へ下がった。幔幕の裏側から、ここではなにをしているんだという声があった。

「ここは見世物じゃねえ。下がってくれ」

人払いをする子分の声が聞こえてきた。

東の端に身を移した大河は、蹲踞《そんきょ》の姿勢で股立ちをつまみ上げて帯に挟み込み、持参の木刀を袋から抜いた。

「支度ができましたら、前へ」

検分役の甚助が、大河と島村をうながした。

大河はゆっくり前に出て、間合い一間半で立ち止まり一礼した。島村も応じ返す。神聖な道場での試合なら、手順の作法に則《のっと》るが、この際は省いた。島村も文句はなさそうだ。

「では、はじめッ」

甚助の合図で両者は互いに木刀を構えた。同じ青眼の構え。

二

大河はゆっくり前に出ながら、「鶺鴒《せきれい》の構え」に変化させた。北辰一刀流《ほくしんいっとうりゅう》の極意のひとつである。容易に会得できるものではないが、大河は入門半年にして自分のものにしていた。

木刀の切っ先を鶺鴒の尾の如く小刻みに動かしながら、攻撃の隙を窺《うかが》うのである。

意識は左手小指にあり、右手は軽く添えているだけだ。その動きは、相手に初動を読まれないように一本調子ではない。これに足の動きが加わると、相手は打ってくるのか、それとも距離を取ろうとしているのかと訝《いぶか》しみ、心に乱れを起こす。

だが、島村はでんと腰を据え、大きな眼を光らせ、爪先で地面を噛《か》みながら一寸、また一寸と詰めてくる。

大河の木刀は動きつづけている。蜩《ひぐらし》の声が高まっているだけで、幔幕のなかは水を打ったような静けさに包まれていた。

大河が青眼から右八相に木刀を移したとき、島村が打ち込んできた。すり上げ面から、胴を抜こうとしたのだ。

大河はわずかな動きでこれをかわした。間合いを見切った「音無しの剣」であった。

島村はすぐに攻撃に転じ、面を打ちに来た。大河は即座に打ち落とした。カンという甲高い音がひびいた瞬間、大河は島村の顎を狙った突きを送り込んだ。島村は紙一重でかわして、大きく下がった。

(さすが士学館の免許持ち)

大河は胸の内で感心したが、負ける気はしなかった。

島村は用心しているのか、すぐには詰めてこない。大河の隙を窺いながら右にゆっくりまわる。額に浮いた汗がこめかみの脇を流れ、頬から顎を伝った。

島村は打ってこない。ならばと、大河は唐竹割りに木刀を上段から斬り下げるように振り、即座に斬り上げるように振った。

牽制《けんせい》の振りだったが、ビュンビュンという鋭い風切り音がした。見物している忠七の子分らが、「おおっ」と驚きの声を漏らし、目に見えねえじゃねえかと囁《ささや》いた。

そのとき、島村が右面左面、さらに右面左面と連続で打ってきた。大河は軽く合わせてかわした。木刀がカンカンと連続して音を立てた。

（剃刀《かみそり》の剣を出せ）

大河は心中でつぶやく。その技を見るまで強く出ないと決めていた。

すうっと島村の木刀が前に伸びてきた。と思うや、木刀の切っ先が伸びるように頭上に振られ、振り下ろされ、さらに振り上げられた。それは大河の面を切り裂くような動きだった。

（いまのがそうか……）

さほどの技ではないと思った。かわされた島村の顔にわずかな動揺が見えた。

今度打ってきたら、勝負を決めると、大河は内心に言い聞かせながら詰めていった。

間合い二間、一間半、一間一尺で、島村が面を打ちに来た。

瞬間、大河は島村の木刀をすり上げた。島村はたまらずに下がる。大河は逃がさなかった。下がる島村の木刀を強く切り落とすようにたたいたのだ。

カーンと耳朶《じだ》にひびく音がして、島村は木刀を手からこぼしてしまった。そのまま片膝《かたひざ》をつき拾おうとしたが、その刹那《せつな》、大河の木刀は島村の後頭部にぴたりとつけられていた。

「それまでッ」

甚助が片手を上げて、大河の勝ちを認めた。

島村は片膝をついたまま左手を右手でさすっていた。大河の打ち込みの強さは尋常ではない。木刀から手を放させるほどの威力があり、おそらく手の痺《しび》れはすぐには収まらないはずだ。

大河はゆっくり下がった。島村は悔しそうに唇を引き結び、ようやく立ち上がったが、手の痛みを堪《こら》えているのが見て取れた。

大河が目の前に木刀を構えて納めると、島村もようやく自分の木刀を拾い上げて礼をした。

「まいった」

と、つぶやき、痛みを堪えるように顔をゆがめた。

「なんだ、これで終わりか。もう一番だ」

床几《しょうぎ》に座っていた忠七が叫ぶように言った。

大河は忠七に顔を向けて首を振り、

「もうできぬ。島村殿の左手はしばらく使えぬはずだ」

と、言った。

「島村さん、そんなことはねえでしょう。もう一番見せてもらいましょう」

忠七はねだったが、島村は応じなかった。

「わたしの負けだ。山本殿がおっしゃるとおり、すぐには木刀はにぎられぬ」

「けッ、だらしねえことを。まあいいでしょう。立ち合いはこれで終わりだ。山本さん、あんたの勝ちだ」

忠七はあっさり決着がついたことに不満そうだったが、約束どおり大河に十両入りの巾着《きんちゃく》を手わたした。

「遠慮なくいただく」

「山本さん、おれの用心棒になる気はねえですかい」

大河は静かに忠七を眺めた。

「断る」

三

「さほどの相手ではありませんでした」

大河は島村八次郎との立ち合いの結果を、道場で重太郎に報告したところだった。

芝神明の試合から二日後のことだ。

「さようか。腕ならしで終わってしまったか。そういう手合いは結構いるものだ。それに、おぬしは高柳又四郎さんに勝った腕を持っている。もっとも高柳さんは酒浸りで、昔のような技量はないと聞いているが勝ちは勝ちであるからな」

最後の一言は大河にとっては少なからず衝撃であった。しかし、高柳との試合中に、熟柿《じゅくし》のような臭いがしたのはたしかだ。

（やはり、あのとき高柳さんは酒を飲んでいたのか……）

「それより道三郎から聞いたぞ」

膝許《ひざもと》に視線を落としていた大河は、重太郎に顔を向けた。

「石山孫六殿と試合をやるそうだな」

「はい、十日に土佐藩邸でやることになっています」

「今度は油断ならぬぞ。石山殿は栄次郎に勝ち越した剣術家だ。栄次郎がもう一度やると鼻息を荒くしているほどだから、大河にとっても不足のない相手であろう」

「わたしも楽しみにしています」

「うむ。さて、久しぶりに相手をしよう」

重太郎から誘いを受けた大河は、ハッと顔を輝かせ支度にかかった。稽古《けいこ》中は袴《はかま》をつけることもあるが、この日の大河は着流しのみだった。裾《すそ》を端折《はしよ》って、襷《たすき》を掛け、防具をつけ終わると、重太郎の前へ行った。

「よろしくお願いいたします」

一礼してさっと竹刀を構える。重太郎は静かに竹刀を青眼に構える。そのまま互いに鶺鴒の攻めを取る。重太郎は大河よりはるかに年上だが、それでも三十路《みそじ》になったばかりで、動きも軽快であれば、体力も落ちていない。

稽古は自《おの》ずと試合形式の地稽古になる。大河が技を仕掛ければ、すぐに返し技が飛んでくる。すり上げるように面を狙っていけば、その竹刀をすり上げられると同時に、右の腕が大河の首にまわされ倒される。そこへ一本入ってしまう。

負けて悔しい大河は、すぐに立ち上がり向かっていく。突きを送り込むと、左に払われ小手を打たれる。重太郎の竹刀の動きは小さいが、素速くて的確である。

仕掛けていけば出端技《でばなわざ》が飛んできたり、応じ返されたりする。他の門弟と違い、重太郎を相手にするときには必要以上に神経を集中しなければならなかった。

何度も打たれる大河ではあるが、打たれることで相手の技を学ぶことができる。打たれるのは決して無駄ではない。

大河は六本取られたが、四本は打ち勝った。それもすべて「切り落とし」だった。わざとその技の練度を上げるために使ったのだ。

切り落としは、北辰一刀流の十八番《おはこ》と言ってもよかった。北辰一刀流の開祖である周作は、六十八手の技を考案しているが、小手から面打ちに行き、さらに胴を抜くという合わせ技もあるので五十七手かもしれぬと、重太郎は話していた。

「大河、腕を上げたな。あらためて感心いたした」

稽古を終え、重太郎は面を外すなり、息を弾ませながら嬉《うれ》しそうに言った。顔には玉の汗が浮かび、稽古着は汗で黒くなっていた。

「先生にはまだ力及びませぬ」

「試合となったらわからぬことだ」

「ご謙遜《けんそん》を……」

「切り落としを多く使ったが、どういうことだ？」

「まだ、しっかり身についていないと思いますので、先生相手にどこまで通じるか試したかったのです」

「十分手応えをつかんだであろう」

「はい」

大河は白い歯をこぼしてうなずいた。

「石山殿との試合が楽しみになった」

重太郎はそう言うと、立ち上がって道場を出て行った。

残った大河はまわりで稽古に励んでいる門弟らを眺め、忠七はなぜ自分に試合をさせたのだろうかと考えた。おそらく若い大河から説教めいたことを言われたのが気に食わなかったのかもしれぬ。その意趣を晴らすために、島村八次郎に声をかけたのだろうが、思惑は外れてしまった。

ともあれ、あの試合で大河の実力を忠七は思い知っただろうし、もう関わることはないはずだ。あれはあれでよかったのかもしれぬと、大河は一人納得する。

呼吸が整い、汗が引くと帰り支度をはじめた。今日は午前中の稽古だけで、午後は久しぶりに内職をしようと考えていた。吉田屋からもらった礼金と、忠七からもらった金があるので懐に余裕はあるが、それはいずれ消える金である。内職をすぐやめるわけにはいかなかった。

「大河殿」

玄関まで行ったとき背後から声をかけられた。大河はハッとなって振り返った。声だけで重太郎の妹佐那《さな》だとわかるからだ。

「なにかおありで……」

大河は見所横に立っている佐那のそばへ行って聞いた。いつものことだが、佐那を目の前にすると、息苦しいほど胸が熱くなり、顔が上気する。

「お手紙が届いています」

「手紙……」

大河は差し出された手紙を受け取った。差出人は「山本」となっているので、実家からの手紙だとわかった。

「ありがとう存じます」

「大河殿は川越でしたね。届けてくれたのは早飛脚だったので、急ぎの便りでしょう」

佐那は黒く澄んだ瞳《ひとみ》をまっすぐ向けてくる。大河は見つめられると、なぜか照れてしまう。佐那が道場にあらわれると、そこに一輪の白い百合《ゆり》の花が咲いたような錯覚を覚えてしまう。

「さようですか」

「早くご覧になったほうがよいかもしれませんわ」

「はい、そうします」

大河は長屋に帰って読もうと思い、手紙を懐にしまった。

「この頃、坂本さんを見かけませんが、どうなさっているのかしら」

「坂本龍馬ですか？」

なぜこの人は坂本のことを気にするのだろうかと訝《いぶか》しむ。それに、自分には殿付けなのに、坂本にはさん付けで呼ぶ。少し嫉妬《しっと》心が湧いた。

「はい、忙しいのかしら」

佐那は急に物憂い顔になった。

「黒船が来て以来、海岸警固に駆り出されているはずです。しばらく品川の藩邸に詰めなければならぬと言っていました」

「品川ですか……」

佐那は柿の青葉がのぞく格子窓に視線を向けた。

「なにか坂本にご用でも……」

「いいえ、ちょっと気になっただけです。では……」

佐那はなにかを誤魔化すような顔をすると、そのまま道場を出て行った。

四

一膳飯屋《いちぜんめしや》で昼餉《ひるげ》を取って、西紺屋町の長屋に戻った大河は、内職仕事の傘が散らばる居間に上がり込むと、佐那からわたされた手紙の封を切った。

自分を勘当した父甚三郎《じんざぶろう》からのものだろうと思っていたが、そうではなかった。書かれている字は、妹の清《きよ》のものだった。それに長い手紙ではない。

「あやついったいなんの用で……」

独り言をつぶやき読みはじめてすぐ、大河は顔をこわばらせた。

清は時候の挨拶《あいさつ》も抜きに、いきなり本題を書いてきていた。それも急いで書いたらしく、筆遣いに動揺が見られた。

――父上が卒倒いたし、そのまま眠りから覚めませぬ。医者の診立ては今日か明日が生死の分かれ目になるとのことです……。

大河はこれはいつ出されたのだと、手紙を手繰り最後の日付を見た。八月二日になっていた。つまり、父甚三郎は大河が島村八次郎と試合をしたその日に倒れたことになる。

大河は手紙をたぐり直して読み進めた。瞼《まぶた》の裏に清の悲痛な顔が浮かび、声が聞こえてくるようだった。脳裏に浮かぶ清の顔は、いまだ少女であるが、実際は十七歳の娘になっている。

――兄様は勘当の身の上ではありますが、父上は兄様のじつの父親に他なりませぬ。父が息を吹き返せばよいのですが、もしものときはいかがいたされましょうや。急ぎ国許へお戻り願えませぬか。母上もさようにお望みでございます。また、わたしから兄様にお伝えしなければならぬこともあります。

清の声はそこで大河の脳裏から霧のごとく消え去っていた。大河は短い手紙に視線を落としたまま考えた。

(帰らぬわけにはいかぬ)

だが、大事な試合を控えている。かといって親の死に目に会えぬのも忍びがたい。

さっと顔を上げた大河は表を見た。まだ、あかるい。日が暮れるまでには間がある。川越の実家まで徒歩であれば、十里ほどだ。急いで行けば、明日には着く。

しかし、江戸と川越を行き来する川越夜舟のことを思い出した。舟ならどうだと考えるが、川越から江戸へは一晩で下って来られるが、江戸からだと川を上ることになるので、早くて二日、そうでなければ三日か四日かかる。

大河は歩いて行こうと決めた。旅支度もそこそこに長屋を出たのは八つ（午後二時）前だ。試合まで七日しかない。それまで十分な稽古《けいこ》を積もうと考えていたが、それができなくなった。

足を急がせて向かったのは、お玉ヶ池の玄武館だった。まずは道三郎に危急の次第を伝えておかなければならない。

お玉ヶ池の道場に着くと、稽古をしていた門弟に道三郎のことを聞いた。母屋のほうにいるというので、そっちにまわった。

玄関で訪《おとな》いをかけると、道三郎が廊下の奥からあらわれた。

「そのなりはなんだ、いかがした？」

道三郎は羽織袴《はおりはかま》に手甲脚絆《きやはん》姿の大河を見て訝しんだ。

「じつはおれの父が倒れて死にそうなのです。これから様子を見に実家に帰るところです。石山殿との試合は忘れていませんが、もし日延べができればお願いしたいのですが……」

「お父上が倒れた？　容態はどうなのだ？」

「わかりません。倒れたのは二日前で、気を失ったまま寝たきりのようです」

「それは心配であるな」

「試合の日延べをお願いできれば助かるのですが……」

　大河は式台の上に立つ道三郎を食い入るように見た。

「日延べはできぬだろう。こちらから頼んだことだ。それに、日取りを決めたのは先方である。事情があれど、約束を違《たが》えることは難しい」

　やはり、そうだなと、大河は唇を嚙《か》む。

「それでいつ戻ってこられる？」

「早ければ明後日《あさって》、遅くとも三日後には戻ってこられるかと……」

「すると六日になるかもしれぬということか。ふむ、それから試合まで四日、その日を入れなければ三日……」

「三日あれば稽古を積めます」

　顎《あご》を撫《な》でながら思案顔をしていた道三郎は、大河に視線を戻した。

「試合のことを気にするのはよいが、それよりお父上の御身が大事。試合は試合だ。

いずれにせよ、郷里へ急ぎ帰るべきであろう」

「とにかくこのことを、道三郎さんにお伝えしなければならぬと思って来たのです」

「相わかった。道中気をつけてまいれ」

「はは、ではこれにて……」

大河はお辞儀をすると、そのまま玄関を飛び出した。

日はまだ高い。大河は雲の散らばっている空を眺め、足を急がせた。川越まで約十里。大河の足なら一日で行ける距離であるが、日の暮れまで二刻（約四時間）とないであろう。だが、行けるところまで行こうと大河は決めていた。

お玉ヶ池の千葉道場を出た大河は、八《や》ッ小路《こうじ》から昌平橋《しょうへいばし》をわたり、本郷《ほんごう》の先にある駒込追分《こまごめおいわけ》で中山道《なかせんどう》へ入った。ときどき空を見上げて、まだ里程を稼げると足を速める。

一応旅姿ではあるが、荷物は持っていなかった。ほとんど手ぶらである。持ち物と言えば腰の大小と、菅笠《すげがさ》ぐらいだ。

懐に金はある。その金は川越までの旅には十分過ぎるほどだ。上板橋宿《かみいたばし》を過ぎた先で川越往還に入り、そのまま足を進める。

日は大きく傾き、雲を朱に染めはじめている。町屋はすっかり途切れ、周囲には稲穂を実らせる田や畑が広がっている。

烏の群れが西側にある森から一斉に飛び立ち、鳴き声を落としながら南へ去って行った。

日暮れが近くなったせいか、擦れ違う人の数が減ってきた。行き会うのは野良《のら》仕事を終えた百姓か、旅の行商人ぐらいだ。

練馬《ねりま》を過ぎ、白子《しらこ》に入ったとき日が落ちかかった。野や山には薄靄《うすもや》が漂い、蜩《ひぐらし》の声が近くの林から聞こえてくる。

川越往還を歩くのは初めてである。どこにどんな宿場があるのか、大河は知らなかったが、宿場の茶屋に立ち寄ってこの先にどんな宿場があり、そこまでの距離はいかほどだと聞いていた。

暗くなる前に辿《たど》り着けるのは膝折宿《ひざおり》（現・朝霞市《あさか》）だと見当をつけていたが、まさにそのとおりになった。

三十数軒の商家が往還を挟むように建っている小さな宿場だった。大河は野宿でもよいと考えていたが、宿場に入って小さな旅籠《はたご》を見つけた。

明日は早朝に出立しなければならない。野宿では体の疲れはしっかり取れない。それに金がある。迷いは短く、一軒の小さな旅籠に入った。

簡素な食事を提供してもらうと、そのまま泥のように眠り、翌朝は夜明け前に旅籠を出た。大井宿《おおい》（現・ふじみ野《の》市）を過ぎたとき、記憶にある景色が朝靄のなかに広がってきた。東雲《しののめ》は青紫から朱に変わり、雲の隙間から光の束を地上に投げかけた。

夜露に濡《ぬ》れた木々の若葉が朝日に光り、野山では鳥たちが楽しそうにさえずっていた。

東へ行けば新河岸《しんがし》川がある。目ざす実家のある寺尾《てらお》村は、北の方角だ。

大河は川越往還からそれて、野路を辿った。ときどき頬や首筋を伝う汗を拭《ぬぐ》い、菅笠をつまみ上げて、あたりに視線をめぐらした。

帰ってきたという感慨が、胸の底から湧いてきた。野良仕事をはじめている百姓の姿を見た。馬を引いて畑へ向かう人の姿もある。

野路を歩くのは一人の武士だ。それは大河自身である。曲がりくねった道を抜け、勝福寺《しょうふくじ》を過ぎると、目の前に自分の生まれ育った家が見えた。

大河は立ち止まって実家の様子を探るように見た。ひっそり静まっている。人の出入りもなければ、妹の清や母親の久《ひさ》の姿もない。

「とっつぁん……」

大河は声を漏らして歩きはじめた。

五

開け放された戸口に立ったとき、土間奥に見えた影が大河を見た。

「兄さん」

妹の清だった。そのまま駆けるようにして戸口にやってきた。

「帰ってきてくれたのね」

「うむ。それでとっつぁんは……」

清は一度唇を引き結んだあとで、首を横に振った。

「昨日の晩に……」

声をふるわせた清の目から涙があふれた。

「そうか」

大河は声を漏らして家のなかに入った。気配に気づいたらしく、座敷の上がり口に母のお久が立っていた。黙ったまま大河を見ると、

「この親不孝もんが……」

と、小さく罵《ののし》った。

大河はなにも言わず、座敷の奥に視線を向けた。夜具が敷かれており、父甚三郎の亡骸《なきがら》の枕許《まくらもと》に、見知らぬ男が神妙な顔で座っていた。大河と視線が合うと、小さく会釈をした。

「おっかあ、上がってよいか」

「馬鹿たれ。おまえの父親ではないか」

大河は菅笠を取り、草鞋《わらじ》を脱ぎ、大小を抜いて座敷に上がった。

仏となった甚三郎の枕頭に座り、白布をそっとめくった。口許がゆるみ、笑っているような顔をしていた。

大河は黙って見つめた。自分を叱ってばかりの父親だったが、村のために身を粉にしてはたらいていた。剣術家になりたいと言ったときは、開いた口が塞《ふさ》がらないという顔をして、おまえはいずれわしの跡を継いで、村名主になるのだと何度も言った。

しかし、大河は従わなかった。江戸で修行しているとき、連れ戻しに来たことがある。それでも大河の意思は固かった。甚三郎はやっとあきらめて、一廉《ひとかど》の男になれと言った。そして、自分を勘当した。

「とっつぁんが生きている間に……」

大河のつぶやきに、清とお久、そしてもう一人の男が顔を向けてきた。

「故郷に錦《にしき》を飾ろうと思っていたのに、こんなに早く死んでしまうとは……」

大河は奥歯を嚙《か》み、両膝《りょうひざ》に置いた拳《こぶし》を強く握りしめた。

「今夜通夜で、明日《あした》が野辺送りだから。村の人たちにはもう知らせが行っているので、今夜は忙しくなるわ」

清が言った。久しぶりに会うのだが、すっかり大人の女になっていた。

「なにかおれに伝えることがあると手紙に書いてあったが……」

清に訊《たず》ねると、清は隣に座る男を見た。

男は大河のほうに膝を動かして、居住まいを正した。

「山本家に養子に入りました為次郎《ためじろう》と申します。義兄様のことはいろいろ話を聞いております」

（養子に……）

大河は胸中でつぶやき、為次郎をあらためて見た。年は二十歳を過ぎたぐらいだろうか。在の男らしく色は黒いが、鼻梁《びりょう》が高く聡明《そうめい》そうな目をしている。この男なら父の跡を立派に継げるだろうと思った。

「伝えることとは、このことであったか」

大河は清を見た。

「為次郎さんは砂《すな》村の名主岩村為右衛門《いわむらためえもん》さんの次男です」

「さようか。いつ、祝言を？」

「今年の春です。よろしくお願いいたします」

為次郎が答えて両手をつき頭を下げた。

「おれにはなにも言うことはない。よろしく頼む」

大河はそう応じると、静かに立ち上がって縁側に行って座り直した。

そのまま表の景色を黙って眺めつづけた。

勘当されたとはいえ、いずれは親孝行のひとつぐらいできると思っていたが、もうかなわぬことになった。もっとも母の久はいるが、自分の居場所はこの家にはないと、あらためて思い知らされた。

「兄さん、怒っているの？」

清が茶を運んできた。

「怒ってなどおらぬ。為次郎殿に、とっつぁんの跡をしっかり継いでもらえばよい」

清が目をぱちくりさせて見てくる。

「どうしたの？　すっかりお侍言葉じゃない。それに身なりも……」

「江戸でそう躾《しつ》けられたのだ。昔の言葉でしゃべってもよいが、おれは山本家にとってもう他人であろう」

「…………」

「明日が野辺送りだな。それが終わったらおれは江戸へ戻る」

「とっつぁんはね……」

清は声を詰まらせてうつむいた。

「なんだ？」

「ずっと兄さんのことを話していた。勘当したが、大河の心次第だ。頭を下げてこの家に戻ってきたら許してやると……へそ曲がりで出来損ないの倅《せがれ》だが、あんな可愛いやつはいないと……」

清は涙をあふれさせた。肩をふるわせ、うつむくと背中を波打たせてしゃくり上げながら泣いた。

「清、おまえには為次郎殿がいる」

「とっつぁんはね、兄さんのことが好きで可愛くてたまらなかったのよ」

清が泣き濡《ぬ》れた顔を上げて言った。

「だから、兄さんの我が儘《まま》を許したのよ。いつか親のことをわかってくれると信じていた。でも、兄さんの気持ちは変わらなかった。だから、為次郎さんを……」

「わかった。もう言うな。おれはだめな倅だ。とんだうつけだ。よくわかっている。おっかあの手伝いをしなくていいのか。村の者が来るのだろう」

清はうんとうなずいて、台所に戻っていった。

大河は遠ざかる足音を聞きながら、大きく嘆息した。

その日の夕刻、山本家の菩提寺《ぼだいじ》である勝光寺《しょうこうじ》の住持圓山《えんざん》和尚がやってきて、甚三郎の亡骸にお経をあげた。その間に村の者たちが入れ替わり立ち替わりでやってきた。村人は座敷の隅に客人のように控える大河を見て驚き顔をしたが、話しかけてくる者はいなかった。

大河はときどき目をつむり、圓山和尚の唱える経に耳を傾けた。父甚三郎との思い出がふつふつと甦《よみがえ》ってくるが、親不孝なおのれに後悔はなかった。早すぎる死ではあったが、父は天寿を全うしたのだ、そう思うしかない。

お経に混じり通夜客の囁《ささや》き声を拾うようになった。あの悪たれがいるとか、とんだうつけ者が侍になっているなどと、驚きと畏怖《いふ》の混じり合った声だった。

端然と座敷の隅に控えるその姿は、侍としての凛々《りり》しさを通夜客に与えているようだった。

母の久と妹の清、そして婿の為次郎が通夜客の対応をしたので、大河は借りてきた猫のようにおとなしくしているしかない。

だが、子供のときの遊び仲間だった出目の幸助《こうすけ》や金次《きんじ》は、やってくるなり大河に気づいた。

「あれあれあれ」

幸助は出目を大きく見開いて驚き、そばにやってきた。

「大河さんじゃねえか。ずいぶん大きくなったな」

「久しぶりだな」

大河は短く応じた。

「どうしてんだろうって、ときどき噂してたんですよ。それにしても、すっかり侍じゃねえですか」

金次は嬉《うれ》しそうに顔をほころばせ、

「天吉《てんきち》も吾作《ごさく》もあとで来ますよ。久しぶりだから酒でもかっくらおうじゃねえか」

と、通夜席だというのを忘れ不躾《ぶしつけ》なことを口にする。

「金次、通夜の席だ。騒ぐのもいいが、少しは考えろ」

「あれあれ、聞き分けのいいこと言うじゃないですか。で、江戸はどうなんです？ヤットウの修行をしてんでしょ」

「おい金次、大河さんの親父さんが死んだんだ。はしゃぐんじゃねえよ」

幸助に窘《たしな》められた金次は頭を掻《か》いて、そうだなと素直に引き下がる。

そのうち天吉と吾作もやってきて、大河を見て驚き、そして嬉しそうに頬をゆるめて近くに座った。悔やみもそこそこに、江戸での修行はどうなのだ、強くなったのかなどとあれこれ聞いてくる昔の仲間は、それ相応に年を食い、すっかり百姓の顔になっていた。

大河もみんなに会えて嬉しかったが、父親の死を忘れるわけにはいかず、神妙な顔で短く言葉を交わす程度に抑えた。

翌朝、父甚三郎の野辺送りが行われた。大河は葬列の最後に従い、父甚三郎が墓地に葬られたのを見ると、清と久、そして山本家の当主になった為次郎に挨拶《あいさつ》をし、川越夜舟で江戸に戻るために、そのまま寺尾河岸に足を向けた。

と、母久の声が追いかけてきた。

「大河、親の死に目にも会えず残念だろうけど、それはあんたがへそ曲がりだからなんだよ」

大河は立ち止まって振り返った。

「わかっています」

久は目を潤ませていた。

「あんたは大口をたたいた。わたしはもうなにも言わないけど、口にしたことは守るのが男だよ。しっかりおやり。そして、また帰ってきておくれ」

「はい、お達者で……」

大河は深々と頭を下げると、今度こそ寺尾河岸に向かった。

川越夜舟が出るまで、しばらくの間があった。大河は茶屋の床几《しょうぎ》に座っていたが、そのまま近くの野路を歩いた。あかるい日射しが、野路に大河の影を作った。影は大小を差した武士の形をしていた。道三郎に言われた言葉を思い出す。

——おまえは野武士のような男だ。

そんなふうに見られているのかと思いもしたが嬉しかった。そうだ、高柳又四郎殿に初めて会ったのも、この川越の村であった。あのときはまぶしいほどの侍だと思ったが、大河はその又四郎に勝利している。

よい。おれは野武士でよい。すっかり独りになったのだ。

（おれは強い野武士になってやる）

くっと口を引き結んで、遠くにかすんで見える富士山《ふじ》を眺めた。

寺尾河岸に戻ると、江戸に行く舟が到着していた。荷物の積み込みが終わると、船頭が客を乗せはじめた。

大河も舟に向かったが、突然、背後から声をかけられた。振り返ると、清が駆け寄ってきた。

「兄さん、また遊びに来て。わたしは兄さんのことを、忘れるつもりなんかないから。また帰ってきて……」

「ああ、わかった。また会いに来よう」

「きっとよ、きっと来てね」

大河はうむとうなずき、そのまま舟に乗り込んだ。清は岸辺に立っていた。大河が顔を向けると、一所懸命の笑顔を作ったが、それはすぐに崩れて大粒の涙を頬に伝わせた。

「お達者で……お達者で……」

声をかけてくる妹に、大河はうなずいて応じた。熱いものが胸の底から込み上げてきたのはその瞬間だった。父の死への悲しみか、たった一人の妹と別れる辛《つら》さかと考えたが、その両方であった。

六

「疲れがたまっているのでしょう。ゆっくり休んでください」

道三郎は夜具に横たわった兄奇蘇太郎を見て、内心でため息をつき小さく首を振った。奇蘇太郎は門弟に稽古《けいこ》をつけていたが、昼餉《ひるげ》のあとで気持ちが悪くなったと、奥の寝間に引き取っていた。

「すまぬな」

弱々しい声を返した奇蘇太郎は、薄掛けを肩まで引き上げて目をつむった。道三郎はそのまま寝間を出て、廊下に立った。

空は真っ青に晴れている。木々の葉があかるい日の光を照り返していた。しかし、奇蘇太郎が横になっている寝間には、暗雲が漂っている気がする。

兄は長く生きられぬかもしれぬ。道三郎は思ってはいけないことを胸の内でつぶやく。子供の頃から丈夫なほうではなかった。次兄の栄次郎や自分は壮健そのものだが、長兄の奇蘇太郎は風邪を引きやすく、食も細い。体も栄次郎や道三郎に比べると、大きくはない。それでも父周作の教えを受け、腕を磨き、宗家を継いだ。

次兄の栄次郎が水戸徳川家へ出仕したので、その補佐役は道三郎にまわってきたが、向後《こうご》の道場経営に自信がなかった。

頼りは二代目宗家の奇蘇太郎だが、ときどき〝役目〟を休むこと頻々だ。代稽古《だいげいこ》をつけるのは道三郎であるが、一人ではとても面倒を見切れない。ひ弱な兄を補佐するにもかぎりがある。

道場の当主が休みがちで、床に臥《ふ》せることが多ければ、この先が思いやられる。それに比べ定吉叔父《おじ》の鍛冶橋道場には勢いがある。定吉は鳥取藩に召し抱えれたが、長男の重太郎が当主の役割をしっかり果たしている。それに門弟もお玉ヶ池より、鍛冶橋のほうが増えつつある。

奇蘇太郎のことを一言で言いあらわすなら、「頼りない」である。それ故に、なんとかしなければならないと思うが、いまだ若い道三郎は正しい方策を見出《みいだ》せない。もっとも言葉にして、自分の思いを奇蘇太郎にぶつけるのは憚《はばか》られる。相手は長兄である。敬わなければならないし、兄として立てなければならない。

「困ったものだ」

口に出してつぶやくと、深いため息をつき、一度奇蘇太郎の寝ている部屋を見て道場に戻った。

次兄栄次郎が突然、家に戻ってきたのはその日の夕刻だった。

「これは兄上、いかがされました？」

玄関で栄次郎を迎えた道三郎は目をまるくした。

「ご家老のお供を命じられて来たのだ。息災のようでなによりだ」

「兄上も。とにかくお上がりください」

「おまえに言われる筋合いはない。ここはおれの家だ」

栄次郎はそう言って快活に笑った。どかどかと上がってくると、そのまま居間に行って水をくれ、いや酒のほうがよいかと独り言をつぶやいたあとで、

「酒をくれるか」

と、女中の粂《くめ》に大声で命じる。道三郎は年が近いせいもあるが、快活で元気者の栄次郎が好きだった。

「いつまで江戸に？」

道三郎は栄次郎の前に座った。

「しばらくは江戸藩邸だ。とは言っても半月程度だと思う。黒船以来、せわしない世情になっているだろう。水戸家もなんだかんだと振りまわされているようだ。おれにはよくわからぬことだが……。おお、これへこれへ」

条が酒を運んできたので、栄次郎は盆ごと受け取った。

「父上はお元気ですか？」

「達者だ。おれは小十人組《こじゅうにん》に取り立てられたが、ほとんどが父上の手伝いだ。まあ、それでも水戸家のお抱え侍であるから文句は言えぬ」

栄次郎はうまそうに酒を飲む。

よく日に焼け、父譲りの大きな体も以前と変わりなかった。

「どうだ、道場のほうは？　兄上はしっかりやっておるか」

栄次郎は杯《さかずき》を干したあとで、道三郎に顔を向けた。

「しっかりと言われますと……」

道三郎が言葉を濁して視線を落とすと、栄次郎がたたみかけるように聞く。

「なんだ……？」

「奇蘇兄は体が丈夫でありません。じつは今日も昼餉のあとで、妙に体がだるいので休むと言って寝ておられます」

「なんだと。それじゃ道場のほうはどうしておるんだ」

「代稽古はわたしがやっていますが、師範代の門弟はお役目が忙しいのか、このところ来てくれないのです」

「師範代はみんな諸国の藩士ばかりだからな。まあ、忙しい事情はわかっておるが、それでは困るな。それにしても奇蘇兄はそんなに具合が悪いのか？」

「わかりません。医者に診せろと言っても、そこまでする必要はない、自分のことは自分でわかるとおっしゃるので……」

「体が弱いくせに妙に頑固なところがあるからな」

「兄上が戻ってきてくだされば助かるのですが……」

道三郎はまっすぐ栄次郎を見る。

「馬鹿言え。そう易々戻ってこられる身の上ではないのだ。仕官したからには勝手は許されぬのだ。おまえもわかっているだろうに……」

「わたしには道場の経営がよくわかりません」

「それは奇蘇兄が考えることではないか。おれは跡を継げぬ身だから父上の勧めに従い、仕官したのだ。おれに相談されても困る」

「それはそうでしょうが……」

「なんだ奥歯にものの挟まったようなことを言いやがる。なにか存念あるなら、はっきり言わぬか」

栄次郎はぐびりと酒をあおった。

「師範代のことが気になっています。父上がお若い頃には、森さんや庄司さん、塚田さん、稲垣さんという四天王がいました。いまもいらっしゃればなんの問題もないのですが、あの方たちに見合う門弟はいません」

「ふむ、しかたないことだ。だが、庄司さんはどうしているのだ？」

「このところ藩のお役目が忙しいようで……」

栄次郎は真顔を道三郎に向けた。

「庄司さんは仕官されたのか？」

「宍戸《ししど》藩に重宝されていまして、そちらへ行かれることが多いのです」

「宍戸藩の殿様に目をかけられているのは知っていたが、さようであるか。しかれど、師範代を務める者は他にもいるであろう」

「さっきも申したとおり、誰もが藩のお役目に忙しいのです」

「おまえだけでは手がまわらなくなった。奇蘇兄は度々寝込んでしまう。さようなことか……ふむ……」

栄次郎は壁の一点を短く凝視した。

「山南《やまなみ》はどうした？　あれは師範代を務められる男だ」

「廻国《かいこく》修行中です」

「すると、師範代に見合う者は他にはいない。見合う者は大名家に仕官している者ばかり。さようなことか」

「おっしゃるとおりです」

そこで栄次郎はぽんと膝《ひざ》を打った。

「ならば、見合う者を育てるしかなかろう。そうしろ、それしかない。あれこれ頭を悩ませることはない」

こういった栄次郎の思い切りのよさを、道三郎は好きなのだ。

「兄上もそう思われますか」

「他にないだろう。誰かめぼしいやつはおらぬのか？」

「一人います」

「誰だ？」

「大河です」

「おおあやつか。あれは腕を上げているからな。それに村名主の倅《せがれ》で、仕官もしておらぬ男だ。そうか、ならばあやつの腕を磨いてやればよい。なに定吉叔父の道場だというのはわかっているが、本家の道場が困っているとなれば、わかってくださるはずだ」

「近く石山孫六殿と試合をすることになっています」

栄次郎は眉宇《びう》をひそめた。

「大河が、石山孫六と……大丈夫であろうか？」

栄次郎は石山に負け越している。心配はわかる。

「わかりません。だが、やることは決まっています。そこで兄上に、石山殿について少し教えてもらえませんか」

道三郎は一膝進めて栄次郎をまっすぐ見た。

七

大河が江戸に戻ったのは、八月六日の夕刻であった。

本来であれば川越夜舟は新河岸川から荒《あら》川を経て、浅草花川戸《あさくさはなかわど》へは一晩の旅程だが、到着が遅れたのは、途中で積み荷を落とすという騒ぎがあったからだ。

それでも遅れは、二刻（約四時間）ほどだった。大河は郷里寺尾村で神経を使ったせいと、舟旅の疲れがあり、その日はまっすぐ自宅長屋に帰り、泥のように眠り、翌朝起きると、玄武館お玉ヶ池道場に足を運んだ。

「いつ戻ってきた？」

道三郎に会うなり、聞かれた。

「昨日ですが、少々疲れが残っており、昨夜は体を休めました」

「それはなによりだ。それでお父上のお加減は？」

大河は首を横に振った。

「さようであったか、それは残念であるな。とまれ、心よりお悔やみを申しあげる」

「恐縮でございます」

「石山殿との試合は近づいているが、やる気はあるな」

「無論です」

「じつは兄の栄次郎が江戸に来ているのだ。ご家老のお供らしいが、暇を作るので石山殿と立ち合う前に手合わせをしてもよいと言っている」

大河は目を輝かせた。

「稽古《けいこ》をつけてくださるのですか。それはありがたいことです」

「今日か明日かそれはわからぬが、夕刻この道場に来てくれ。それから、石山殿についで聞いていることがある」

道三郎はそう言うと、稽古をしている門弟らの声を嫌って、大河を庭に誘った。

実をつけた柿の木の下に置かれた床几《しょうぎ》に座ると、道三郎は早速話した。

「石山殿は忠也派《ちゅうやは》一刀流《いっとう》だ」

「玄武館と同じ、一刀流の流れを汲《く》んでいるのですね」

「さよう。だが、技はかなり荒いらしい。兄栄次郎が石山殿に負けたのは、先に激しく攻め立てられ、それに惑わされたためだという。いずれ、機会を得て報復すると気を吐いているが、とにかく出端《ではな》で相手の攻撃に負けぬことが大切なようだ」

「先に技を仕掛けて行けということでしょうか」

「それもある。気をつけなければならぬのは、大上段からの打ち込みだ。これは実際どういうものか見てみなければわからぬが、兄が稽古をつけるときに教えると言っている」

「今日栄次郎先生は見えるでしょうか？」

「それはわからぬ。ご家老からのお指図がなければ、暇は取れるとのことだ」

「是非にもお願いしたいですね」

「とにかく、さようなことだ」

「では、また夕刻にでも来ることにします」

大河はそのまま鍛冶橋の道場に行って稽古に励み、日が暮れる前にお玉ヶ池に戻ったが、その日、栄次郎はやってこなかった。

栄次郎に会えたのはその翌日のことだった。

「体が大きくなったな」

久しぶりに会う栄次郎は、まぶしそうな目を大河に向けた。

「お元気そうでなによりです。道三郎さんから聞きましたが、石山殿は荒技を使うということですが……」

「うむ、めっぽう荒い。気勢を削《そ》がれて、おれは自分を見失ってしまった。負けて悔しいが、おのれが平静を保てなかったのが悪かった。だが、もう二度と負けはしないだろう。ともあれ、やってみるか」

栄次郎はそう言うと、静かに道場中央に進んで大河と向かい合った。他に門弟の姿はなく、道三郎が見所に座っているだけだった。

表で蜩《ひぐらし》が鳴いており、ようやく秋めいた風が窓から吹き込んでいた。

「防具はいかがします？」

道三郎が二人に聞いた。

「籠手《こて》だけでよい」

栄次郎が答えると、道三郎が機敏に動いて籠手を持ってきた。

「大河はいらぬ。おれだけでよい」

栄次郎は籠手をはめると、

「大河、試合だと思ってかかってまいれ。手加減はいらぬ」

「承知しました」

さっと青眼の構えを取ると、栄次郎も青眼に構えて詰めてきた。大河が技を先に仕掛けると、左に受け流され、そのまま右面左面また右面と打ち込まれてきた。大河は受けにまわるしかないが、面から胴を抜かれそうになり、下がると突きが飛んできた。

かろうじてかわし攻めに転じようとしたとき、

「ここまで」

と、栄次郎が言って竹刀を下げた。

「いまのが石山殿の出端の攻めだ。いつもそうだとはかぎらぬだろうが、機先を制してくるのは間違いなかろう。それから隙を見せると、大上段から電光の速さで打ち込んでくる。当家の切り落としに似ているが、油断をすると激烈な一撃を受けることになる。ゆっくり組太刀をやろう」

栄次郎はそう言うと、大河に構えを取らせ、自ら石山孫六の打ち込みを真似て見せ、

「相手が右面を打ちに来たときには、体をわずかに開き、左に払え。左面を打ちに来たときには、逆に右へ払う。そのとき、大河のどっちの足が前に出ているかで、足のさばき方は変わるはずだ。やってみろ」

大河はゆっくりした動作で打ち込んでくる栄次郎の竹刀を、体を開いてかわし、素速く小手を打つ。栄次郎はそれでいいと言う。

「小手を打つのは適切な返し技になる。もっとも面を打ってもよいし、胴を打ってもよいが、小手を狙ったほうが動きは少なくてすむ。おまえの右足が前に出ていたら、どうさばく？」

「そのときは、左腰を引くように左足を動かします。左足が前なら、その逆になるかと」

「それでよい」

「大上段からの打ち込みはどのように……」

「それは大きな動きだ。両脇が開くことになるが、動きが速ければ打ち込む瞬間に面を打たれるだろう。間に合わぬと感じたら、受けるしかない」

「両腕はかなり高く上がるのですか？」

栄次郎はやって見せた。それは体が伸び上がり、両肘《りょうひじ》も曲がらなかった。体と腕

と竹刀が一本の棒のようになるのだ。その形は隙だらけであるが、

「隙を見たといい気になって打ち込めば、あっさり面を食らうことになる。これには気をつけろ。教えるのはそれだけだ」

栄次郎はそう言って竹刀を下ろした。

「ありがとうございました」

大河は一間ほど下がって会釈をした。

「稽古ができるのは明日一日だけだが、いまの教えは少しは役に立つはずだ」

道三郎が大河に真顔を向けてうなずいた。

「大いに為になりました」

「勝負はどうなるかわからぬが、いずれそのときの話を聞かせてもらおう」

栄次郎は籠手を取ってから、

「おまえなら勝てる相手だ」

と、付け加えた。

「気を抜かずに挑みます」

大河はらんと目を光らせて答えた。

第五章　挑戦者

一

庭の隅ですだく虫の声が、その客間に届いていた。

部屋の片隅に行灯《あんどん》、そして膳部《ぜんぶ》のそばには燭台《しょくだい》が置かれ、向かい合う二人の顔を照らしていた。

そこは木挽町にある小体な料理屋の一室だった。

「それで首尾のほうはいかがなものでしょうか……」

石山孫六は国村左膳《くにむらさぜん》に酌をしてやった。国村は百五十石取りの土佐藩馬廻《うままわり》役だった。藩主山内家とつながりがあり、江戸家老らと通じている男だ。

高足膳には煮物や刺身、香の物、吸い物などが載っていた。

「話はしてある。そう急《せ》くことはなかろう。いま藩邸内はあれこれと忙しいのだ」

「忙しいとおっしゃるのは、黒船のような異国船の接近でございましょうか。諸国大名家が、そのことで幕府に振りまわされているという噂があります」

石山が探るような目を国村に向ければ、国村も人の胸底を窺《うかが》うような顔をする。

「それだけではない。ここだけの話なので他言無用ぞ」

国村は声をひそめ、わずかに身を乗り出した。

「承知しました」

「藩内の政がうまくいっておらぬのだ。ご家老らの考えも二分しておる。まあ、わたしごとき男が右往左往することではないので、静かに様子を見ている他ないが……」

「同じような話はよく耳にいたします」

石山の言葉に国村はキラッと目を光らせた。

「それは豊後《ぶんご》岡《おか》藩中川《なかがわ》家のことであろうか……」

「はっきりそうだと申すことはできませぬ」

石山は杯に口をつけた。明日は試合があるので、深酒は慎まなければならない。

「ごまかしは利かぬさ。そなたが中川家への仕官を望んでいたのはわかっておるのだ」

石山は首をすくめる思いで小鉢に箸《はし》をつけた。たしかに岡藩中川家に召し抱えられる予定であった。ところが、返事を待ちに待たされた挙げ句、藩主中川修理大夫《しゅりのだいぶ》の許しが下りないという理由で、仕官の話は反故《ほご》となった。

ならばどこか別の仕官先を探さなければならぬと考え、土佐藩山内家の国村左膳を頼ったのである。

国村は小野派一刀流の免許持ちであるが、一時石山の指導を受けていた時期があった。その縁を頼って、石山は相談を持ちかけたのである。

「そうであろう」

国村は言葉を足して見つめてくる。燭台に照らされた彫りの深い顔が陰影を作っているが、しわも浮き彫りになっていた。国村は石山より一回り上の三十八歳だった。

「まあ、そうかもしれませぬ」

「当家も岡藩も外様《とざま》ではあるが、この時世は外様のお国が勢いを増しておる。いずれなにか大きなことが起こりそうな気もする。そのために、いま一度気持ちを緩ませている武士の褌《ふんどし》を締め直さなければならぬ。当家も他家に負けるわけにはまいらぬ。そのことはご家老らも重々承知されておる」

「そのためには武芸の奨励が肝要かと……」

「まさにそのとおり。有能かつ才気煥発《かんぱつ》な師範を立てるのが第一であろう。そなたの望みは必ずやご家老らの耳に届け、いずれ殿様の許しを得ることになる。と、いうのがわたしの筋書きだ。そうは言うても、明日の試合を見なければわからぬこと」

「懸念には及びませぬ。相手は名もなき玄武館の門弟。国村様、わたしは二代目宗家の次弟である栄次郎を破っておるのです」

「そのことは聞いておる」

「山本大河という男がいかほどの腕であろうが、千葉の小天狗《てんぐ》と渾名《あだな》される栄次郎より練達だとは思えませぬ」

「なにか秘策があるのやもしれぬ」

「秘策……」

石山孫六は眉宇《びう》をひそめた。

「さよう。千葉栄次郎がいかほどの腕であるか、そのことはわたしもよく聞いておる。その男を破ったそなたには瞠目《どうもく》の思いだ」

石山はわずかに照れて、口の端を緩めた。照れを見られまいと酒に口をつけて誤魔化す。

　国村左膳はつづける。

「されど、山本大河なる男は高弟であろう」

「玄武館鍛冶橋道場で腕を上げたという話です」

「鍛冶橋には定吉、重太郎親子がいる。その二人に揉《も》まれて育った男なら油断できまい。師匠を超えるのは子弟の定め。もっとも門人が師匠より腕を上げたという話はなかなか聞きはしないが……」

　左膳はうまそうに酒を飲んだ。

「わたしに挑むのですからかなりの練達者だというのは、肝に銘じておりまする。それにいかほどの腕があるのか、楽しみなのです」

　石山は余裕の笑みを口の端に浮かべ、

「明日の立ち合いの検分はお願いできるのですね」

　と、たしかめるように左膳の顔を見る。

「わたしが請けることになっているではないか。他にやりたいという者が出てきても譲りはせぬよ」

　国村はふっと頰を緩ませて石山を見た。

小半刻後、石山孫六は国村左膳と店の前で別れ、南八丁堀《みなみはっちょうぼり》の長屋に向かっていた。夜が更けるにつれ風が肌に心地よくなっている。堀際の柳がゆっくり揺れていれば、道端の草叢《くさむら》から虫たちの声が聞こえてくる。

石山は空を見た。流れる雲の向こうに無数の星たちがきらめいている。石山はこのままでは終わらぬという思いを強くしている。

名もなき郷士の家に育った石山はひたすら立身出世を目指し、妻《めと》も娶らず剣の道にいそしんできた。その甲斐《かい》あって、名声高い千葉栄次郎を破り、諸国大名家から一目置かれる存在になった。

だが、声はかかってこない。ならば、自ら売り込むしかないと知己を得ていた国村左膳に相談をし、土佐藩山内家に召し抱えてもらおうという考えがある。

それも明日の試合ではっきりするだろう。相手に不足はあるが、玄武館で十本の指に入る門弟だという。

（まあ、よかろう）

石山は自信があった。いま上り調子だというのも自覚していた。どんな相手と立ち合っても負ける気はしない。

（国村左膳殿、まあ明日を楽しみにしておいてくだされ）

胸中でつぶやいた石山は、南八丁堀の途中まで来て立ち止まった。

そもそもここに居を構えたのは、岡藩中川家に取り立てられるだろうという思いがあったからだ。ところがもう少しのところで、おのれの計画は覆された。

しかし、土佐藩山内家があった。江戸藩邸はいまの住まいからも近い。これもなにかのお導きかもしれぬ。石山は目に見えぬ力が、人生を左右すると考えている。

（いまのおれがそうかもしれぬ）

石山は再び歩きだした。

二

八月十日――。

大河にとって三度目の他流試合の日である。

その朝、いつものように仕上げた傘を背負いさらに両脇にも抱え持ち、芝口二丁目にある半兵衛の店へ向かった。

頬《ほ》っ被《かむ》りに腹掛け半纏《はんてん》姿はその辺の行商か、職人のなりである。同じ道場の門弟に見られようとかまうことはなかった。それに、大河が内職をしなければ暮らしが立てられないというのは、どの門弟も知っていた。

しかし、いつまでもこのままではいかぬという、強い思いがある。いい加減内職はやめたい。やめなければならない。毎日念仏のように思うことである。

しかし、その生活からもう少しで抜け出せそうな機運がある。それも気の合う道三郎の計らいがあればこそだ。道三郎の前では、自分のことを「おれ」と自称するが、話すときには敬語を使う。相手は北辰一刀流初代宗家の三男であるし、二代宗家の弟である。失礼があってはならない。

その道三郎との腕の差であるが、地稽古《じげいこ》をして感じるのは、「近づいている」ということだった。必ずしも凌駕《りょうが》したとは思わないが、自分は着実に力をつけているという自覚があった。

されど、自惚《うぬぼ》れてはならぬ。高慢になれば隙ができる。おのれの目ざすところはもっと遥《はる》かな高みにあるのだと言い聞かせている。

「このところ、なんだか捗《はか》が行かないようだね」

大河から仕上がった傘を受け取った半兵衛は、茶を淹《い》れながら言った。

「忙しくなったのだ」

「そりゃあ結構なことで。だけど、あんたには助けられている。もっとやってくれないかね」

「もう手いっぱいだ。これ以上請け負ったら、ほんとうの傘職人になってしまうではないか」

「それも悪くないと思うが……」

ヒッヒッヒと、半兵衛は歯の欠けた顔で笑う。

「他人事《ひとごと》だと思って、都合のよいことを」

「まあ怒らないでくだせえな。どうぞ」

半兵衛が茶を差し出してくれた。

「今日は急いでおるのだ。とりあえず持てるだけもらっていこう」

「なにかわからねえが、忙しいというのはいいことだ。それじゃちょいお待ちを……」

半兵衛は腰をたたいて立ち上がると、一抱えの古骨傘を大河のそばに運んできた。

「今日はあいにくこれしかないんだ。夕方になりゃもっと集まるんだが、そのときにでも来てくれないか」

「今日は無理なので、日をあらためて来よう」

大河は茶に口をつけると、預かった古骨傘を受け取って自宅長屋に戻った。

道三郎には昼過ぎに鍛冶橋道場へ来るように言われている。大河は着替えをすると、大小を差し稽古着を下げて長屋を出た。

このところ秋晴れの天気がつづいているが、その日はどんよりと曇っていた。西の空が鉛色をしているので、一雨来るのかもしれない。

道場の近くにある一膳飯屋《いちぜんめしや》で丼飯《どんぶりめし》を掻《か》き込んだ。一杯では足りず、二杯食べる。飯屋の老夫婦はその食べっぷりが気に入ったと言っては、ときどき漬物を足してくれたり、揚げ物を出してくれる。

食欲は旺盛《おうせい》だが、激しい稽古をするので、体は無駄に太ることはない。腕には隆とした筋肉がつき、胸板も厚くなっていた。背も心なし伸びたようで、いまは五尺九寸（約一七九センチ）ほどある。

道場に行くと、道三郎は先に来て待っていたらしく、玄関にあらわれた大河のそばにやってきた。

「軽く稽古をして汗を流すなら相手をする」

「いいえ、今日は型をたしかめておくだけにします。稽古をはじめたら止まらなくなりますゆえに……」

道三郎は苦笑した。

「たしかにおまえの言うとおりだ。しからば、おれは母屋で用をすませてこよう」

「ごゆるりと」

昼餉《ひるげ》を食べに行くのだとわかっているので、大河は笑って応じた。

栄次郎から教わったことを頭のなかで反芻《はんすう》し、袴姿《はかますがた》のまま足のさばきと身のこなし、竹刀を振るときの手首の返しなどを丹念にたしかめた。

動作はゆっくりでよいが、実際には素速い動きになる。他の門弟の邪魔にならないように型稽古を繰り返しているうちに、体が汗ばんできた。

（このぐらいにしておこう）

本番を前にしての付け焼き刃は、ものにならないのはわかっている。これまで積み重ねてきたことを、どれだけ発揮できるかである。

汗を押さえていると、道三郎が戻ってきたが、佐那もいっしょだった。その顔を見るだけで大河は胸をときめかせ、なにやら照れ臭くなる。表情には極力出さないようにするが、なぜか心が弾むのだ。

「大河殿、わたしもごいっしょします」

佐那はそばにやってきて、小さく微笑んだ。黒く澄んだ瞳《ひとみ》がまっすぐ向けられてくる。

「連れて行けとせがむのだ。まあこっちはおれとおまえだけのつもりだったが、佐那一人連れて行っても文句は言われまい」

道三郎が言葉を足す。

「大河殿、負けてはなりませぬよ。栄次郎さんの敵だと思って打ち負かしてくださ い」

「これ、佐那。大袈裟《おおげさ》なことを言うな。仇討《あだう》ちではないのだ」

道三郎は窘《たしな》めるが、佐那は大真面目だ。

「いいえ、同じ玄武館、同じ千葉道場の沽券《こけん》に関わることです。栄次郎さんにつづいて、大河殿が負ければそれこそ物笑いになります。そうではありませぬか」

「まあ、そう言われればもっともであるが……」

道三郎はやり込められたと渋い顔をする。

「大河殿、自信を持っておやりなさいな」

「はい」

大河がかたい表情でうなずくと、佐那がさらに近寄ってきて、

「力が入りすぎです」

そう言って、大河の両肩をぽんとたたいた。

道三郎が乾いた声で笑えば、佐那も小さく笑った。普段は清楚《せいそ》で凛《りん》とした顔をしているが、笑顔はなんとも愛らしかった。

そのとき、大河はもしやと思った。土佐藩邸には坂本龍馬がいる。いまは品川に行っているはずだが、もしや坂本に会いたいがために佐那はいっしょに行くと言っているのではないかと勘ぐった。先日も佐那は坂本のことを気にしていた。

(坂本め。まさか、佐那殿に言い寄っているのではあるまいな)

そんなことを勝手に考えていると、

「わたし支度をしてきますから、少しお待ちになって」

佐那がそう言って道場を出て行った。

三

土佐藩江戸屋敷は、玄武館からほどない場所にある。鍛冶橋をわたったすぐがそうである。大河が大名屋敷を訪ねるのは、いまは亡き恩師秋本佐蔵と通った川越藩江戸屋敷以来である。

土佐藩山内家の当主は、土佐守豊信《とさのかみとよしげ》。のちに幕末の四賢候の一人に数えられる人物で、隠居後は容堂《ようどう》という号をつけた。

いまだ黒船騒ぎが尾を引いているのか、屋敷には勤番侍の姿が少なく感じられた。それとも大名屋敷とはこういうものであったかと、大河は静かな御殿を眺めて思った。

「どうぞこちらへ」

道三郎から訪問の意を告げられた勤番侍が御殿の奥へ案内する。玉砂利の敷かれた庭を進む。松や楓《かえで》、桜、あるいは竹などの植えられている築山《つきやま》には、青苔《せいたい》が敷かれている。

池に流れ込む水の音と、ときどきカンと鳴る鹿威《ししおど》しがにわかに大河を緊張させた。

道三郎から少し下がって歩く佐那の裾《すそ》にのぞく白い足袋《たび》と、きゅっと締まった細い足首がまぶしい。その背後を歩く大河を、佐那がときどき振り返って、緊張を和らげるように微笑を浮かべて見てくる。そういう仕草が大河の胸をまたもやときめかせる。

(いかん、おれにはやることがあるのだ)

大河は籠手《こて》・面・胴を入れた防具袋を持ち替えて太股《ふともも》をつねり、自分を戒めた。

案内をされたのは武道場であった。玄関に入ると、すでに相手方は待っており、見所に二人の侍が座っていた。その見所脇に一人。さらに窓際の床には子弟と思われる五人の藩士。そして、稽古着《けいこぎ》姿の男が一人。

（あれか）

大河は石山孫六と思われる男を見た。相手も短く見返してきた。色黒の鷲鼻《わしばな》。眼下が窪《くぼ》んだ奥目のせいか陰鬱《いんうつ》な印象がある。

大河は道三郎と佐那といっしょに下座についた。道三郎がまずは見所に座るいかにも高貴そうな二人に挨拶《あいさつ》をした。

「本日はご多用にもかかわらず、お手間を頂戴《ちょうだい》いたし恐縮至極にござります。手前は玄武館道場の千葉道三郎にござります。これに控えるのは、玄武館千葉定吉が娘佐那にござります。そして、これが定吉門弟の山本大河にござりまする」

道三郎の紹介を受けた大河と佐那は、恭しく頭を下げる。すると、見所脇に控えていた男が口を開いた。

「拙者は本日の立ち合いの検分を相務めさせていただきまする山内土佐守様が家来、国村左膳と申しまする。こちらにおわしますは当家ご中老神崎左多衛《かんざきさたえ》様、同じくご中老の山岡主税《やまおかちから》様」

二人の中老はわずかに顎《あご》を引いただけである。神崎は五十齢《よわい》とおぼしき男で霜眉《そうび》。山岡は三十代半ばで、つるんとした白皙《はくせき》。

「では、早速にも立ち合いをはじめたく存じます。山本大河殿、支度のほうを……」

国村にうながされた大河は支度にかかった。胴をつけ、面を被《かぶ》りながら窓際に並ぶ山内家の門弟を眺めたとき、「あれは」と、一人の男に気づいた。

黒船を見に行った折、浦賀で偶然坂本龍馬と会ったが、そのときいっしょにいた男だ。たしか武市半平太と言ったはずだ。武市はいるが坂本の姿はない。大河はちらりと佐那を見たが、口許《くちもと》に楽しそうな柔らかな笑みを浮かべているだけだった。

大河は面籠手をつけると股立《ももだ》ちを大きく取り、はっと息を吐いた。佐那の手前負けられはしないし、道三郎の期待にも添わなければならないが、それ以前に「勝つ」という意気込みが大河のなかに湧いてきた。

「では、石山、山本殿前へ……」

大河と石山孫六の支度が調ったのを見て、国村左膳が立ち上がって道場のなかほどに進み出た。大河と石山も立ち上がって、前に出る。

まずは見所に挨拶をし、それから石山と互いに挨拶をする。竹刀は引いたままである。

「勝負は三本」

国村が宣する。大河と石山は黙ってうなずく。

「では、はじめッ」

国村の声で大河は向かい合った。間合い三間。一礼しさらに蹲踞《そんきょ》の姿勢を取り、竹刀を前に出す。石山が鋭い眼光を向けてくる。面の向こうにある双眸《そうぼう》に負けん気の強さが見て取れる。

（これが栄次郎先生を負かした男か……）

見た目だけではにわかには信じられない。石山孫六は中肉中背で、大河より背が低い。だからといって勝負に体つきは関係ない。

竹刀の切っ先を軽く合わせると、両者はすっくと立ち上がり、自分の間合いに下がり、それからじりじりと詰めていった。

大河は青眼の構え。竹刀の切っ先は鶺鴒《せきれい》の動きをする。

「ややッ！」

石山が気合いを発した。

「やーッ！」

大河は裂帛《れっぱく》の気合いを込めた。大音声である。気合い負けはできない。静かに前に出たとき、道場内がすうっと暗くなったと思うや、パラパラパラという音が表から聞こえてきた。地面をたたきに来た雨の音だった。

大河は間合いを詰める。隙は見えない。なるほどと思う。さすが千葉の小天狗《てんぐ》と言われる栄次郎に勝ち越した男だ。

大河は摺《す》り足を使い、さらに前に出る。石山も間合いを詰めてくる。間合い二間になったとき、石山が竹刀を中段から上段に移した。

だが、その竹刀はさらに高く上がった。切っ先が天井に伸びたのだ。さらに、右足を引きつけ、直立の姿勢になった。栄次郎に教えられたとおりだ。石山の独特の構えらしい。

(脇と胴が隙だらけだ……)

鋭い打ち込みで胴を抜ける。突きを送り込むこともできそうだ。

石山はその奇異な構えを取ったまま、爪先で床板を搔《か》きむしるように間合いを詰めてくる。先に仕掛けるか、相手の動きを見るか、大河は数瞬迷った。

迷ったが、仕掛けた。右足を送り込みながらの鋭い突きである。

「とーッ!」

気合いを発しての一撃であったが、届かなかった。代わりに大上段から石山が竹刀を振り下ろしてきた。半身をひねってかわしながら、後ろ面を狙ったが、かわされた。

立ち位置が変わり、大河は青眼に、石山はまたもや直立の構え。背は大河のほうが三、四寸高いが、その差を感じさせないどころか、いつの間にか大きく見える。

(先に打たせよう)

大河はそう決めると、竹刀を右横に移した。石山の片眉《かたまゆ》がピクッと動いた。さらに大河は間合いを詰める。打ち込みと退く間合いは通常六尺である。一歩踏み込めば相手に竹刀が届き、一歩退けば相手の打ち込みをかわす距離だ。

大河はさらに詰める。およその間合いが六尺になったとき、石山が激烈な勢いで竹刀を振り下ろしてきた。

「とおーッ!」

四

石山は身丈の差を感じさせない、上段から打ち込んできた。大河はとっさに体を左に開いてかわしたが、直後石山の左腕が首を巻き込むようにまわされてきた。自然と大河の顎が持ち上がる。離れようとしたところで、足払いをかけられ、体の均衡をなくすと同時に床に尻餅《しりもち》をつく恰好《かっこう》で倒れた。

そこへ、石山が詰めてきてさらに大上段から打ち込んでくる。

（いかん、打たれる）

内心のつぶやきと同時に、大河は転がるように右へ跳び、即座に立ち上がった。その敏捷《びんしょう》さに石山は驚いたのか、くわっと目をみはってつぎの攻撃を仕掛けてきた。

大河は擦り上げると同時に、小手を打った。竹刀の動きは小さく、そして俊敏だ。打つなり、「とーっ」と気合いを発して竹刀を引きながら二尺下がった。あたりが弱く一本と見做《みな》されなかった。

大河はゆっくり詰めていく。石山も詰めてくる。詰めてくるなり仕掛けてきた。右面左面、つづいて突きから胴と、その攻撃は休むことがない。

大河は下がりながら、あるいは体をひねってかわす。右から左、正面からの突き、さらに上段からの打ち込みをかわしたと思ったら、胴を抜きに来る。

石山は苛烈《かれつ》な攻撃をすると栄次郎から教わったが、なるほどこれかと思った。反撃の隙を一切与えないのだ。相手の激しい攻撃に惑わされ、自分を見失ったらそれで終わりだ。

打ち返し、払い返すが、石山の攻撃の手は緩まない。大河は歯を食いしばって受けにまわるしかない。

小手面、面小手、突きから胴、さらにまわり込みながらの片手打ちを見舞ってくる。大河は大きく退いて、一度自分の呼吸を整えた。石山の呼吸が乱れているのがわかる。

大河は静かに詰め直した。石山は積極的に間合いを詰めてくる。

(先に打つ)

大河はそう決めた。相手の出端《ではな》を挫《くじ》く、先の手が有効だという直感が閃《ひらめ》いていた。間合い一間で、石山が床板を蹴《け》って面を打ちに来た。大河はそれとほぼ同時に右足を踏み込み、石山の竹刀を右に打ち払うやいなや、

「とーッ!」

気合い一閃《いっせん》、小手を打った。

ビシッと鋭い音。

「一本!」

検分役の国村が片手を上げて声を張った。

大河の勝ちである。

石山は信じられないという顔をしていた。大河は先に一本取ったことで、気持ちが楽になると同時に平静な自分を取り戻した。面のなかで息を吸って吐き、立ち位置に戻り、竹刀を構える。

面のなかの石山の黒い顔が紅潮していた。奥目がぎらついている。

「二本目、はじめッ」

国村の声で二人は間合いを詰めた。そのとき、武者窓から青白い閃光《せんこう》が射し込み道場内をあかるくした。直後、近くの空で雷鳴が轟《とどろ》いた。

それは一度ではなかった。ピカッと青白い閃光が道場を走り抜け、ドッカーンと耳を聾《ろう》する雷鳴が轟く。二度三度と、立てつづけに起きた。

天界の異変は突如起こったが、大河は平常心を保っていた。雷鳴と雨の音を耳がとらえる。しかし、それを遠くに押しやる。

ふっと息を吐き、間合いを詰める。石山は青眼のままだ。さっきの構えにはならなかった。間合い一間で、石山は躍り込むように打ち込んできた。大河はさっと体を開いてかわす。つづいて突きを送り込まれた。半寸下がってかわす。

突きから胴を抜かれようとしたが、それも紙一重の差でかわし、すすっと下がって青眼の構えになる。高柳又四郎から盗み取った「音無しの剣」だった。それは間合いを見切ることにつきた。

石山の形相が変わっていた。眦《まなじり》を吊《つ》り上げ、歯を食いしばり、目を充血させている。面のなかの顔に張りつく汗が、筋を作って流れている。

表では雷雨が激しさを増していたが、大河は沈着冷静そのものだった。石山がすっと間合いを詰めてきた。そのまま竹刀を上に移すと同時に、突きから擦り上げるように面を打ちに来た。

大河は右手一本で面打ちを防御するなり、体を右へひねると同時に、石山の横面を片手打ちで仕留めた。バシッと、竹刀が面をたたいた。雷鳴がその音を掻き消した。

一本取ったはずだが、検分役の国村の声は上がらなかった。片手打ちを認めないのだ。大河はそんなことは一顧だにせず、青眼に構え直して間合いを詰めてゆく。

石山が下がった。大河が追い込む。間合い九尺。石山が我慢しきれず仕掛けてきた。刹那《せつな》、大河は受け流すように応じ返し、先に面を打った。このときも片手であった。

「おりゃあー！」

気合い一閃、大河の身が一尺ほど宙に舞い、その手にある竹刀は石山の右面をし

っかりとらえていた。竹刀のはじける音は、雷鳴に消されたが、

「一本！」

と、国村の声が上がった。

大河は何事もなかったように、立ち位置に戻る。石山は呆然《ぼうぜん》とした顔で、しばらく佇立《ちょりつ》していた。

「石山、残り一番だ」

国村の声で、石山はハッと我に返ったように目を見開いて下がった。国村の「はじめッ」の声がかかる。

「ややあーッ！」

気持ちを入れ替えるためにか、石山は腹の底から気合いを発した。大河は丹田に力を入れただけで、ふっと短く息を吐く。

石山が出てきた。仕掛けてきた。正面からの面打ちである。大河ははじき返した。その勢いはすさまじく、石山の体がのけぞった。その隙を逃さず、大河は右足を踏む込むと同時に脳天に竹刀をたたきつけた。

バチーン！

竹刀が折れんばかりにしなり、激しい音が道場にひびいた。子供の頃から重い枇《び》

杷《わ》の木刀を振り、さらに恩師秋本佐蔵に仕込まれ、その上で玄武館の千葉定吉と重太郎、さらには道三郎から技の手ほどきを受けてきた大河の一撃だった。

面を打たれた石山の体がふらっと揺れた。

同時に、「そこまでッ」という国村左膳の声。勝った大河はそのまま石山を見ながら後退した。どさりと、石山が床に突っ伏したのはその瞬間だった。

「石山ッ」

国村が慌てて石山に近づき、面を剝《は》ぎ取り頰をたたいた。石山は焦点をなくしたように目を動かしていたが、どうにか正気を取り戻し、ふらつきながら立ち上がった。

「勝負三本、山本殿のものであった」

国村は不平そうな顔をして大河を見た。大河は静かに頭を下げ、見所に一礼した。

「お見事であった」

感心した顔で言うのは中老の神崎左多衛だった。霜眉《そうび》を動かしてうなずく。隣に座る中老の山岡主税は、「目にも留まらぬ早業。天晴《あっぱ》れ」と、短い感想を述べた。

「大河、三本とも取ったぞ」

下座に戻ると、道三郎が嬉々《きき》とした表情で、声をひそめた。

「大河殿、驚きました。見事でございました」

佐那も嬉《うれ》しそうな微笑みを向けてきた。

五

周囲の田や畑の畦《あぜ》にも、多摩川《たまがわ》の岸辺にも白くなったススキの穂が見られる。遠くにある山も近くにある山も、赤や黄、朱などと彩られている。

山南敬助《やまなみけいすけ》は廻国《かいこく》修行のために武蔵一円を歩いていたが、どこにも自分と対等にわたりあえる剣術家はいなかった。

(もっと骨のあるやつはおらぬのか)

多摩川の土手にどっかり腰を下ろした山南は、そばに生えている草を引きちぎってくわえ、ぷっと吹いた。

目を遠くの空に向ける。武者修行に出たのはよいが、出立前がよくなかった。同門の山本大河に負けてしまったのだ。まさかのことであった。あそこまで山本が腕を上げたとは思いもいたさぬことだった。

なぜおれは、負けたまま江戸を離れたのだと、いまさらながら悔やむことしきりである。もう一度立ち合って、気分よく江戸を発《た》つべきであったが、もはや後の祭り。さりながら山南には江戸に戻ったら、必ず山本大河と立ち合い、打ち負かすという気概があった。

それにしても腕を上げるための修行の旅なのに、打てば響くような相手に出会わない。そもそも在方の道場はどこも貧相で、道場主には師範を名乗るほどの力量がなかった。

こういうことなら江戸で他流試合をこなしたほうがよかったと思いもする。しかし、おのれの練度も上げず江戸に戻るのも癪《しゃく》に障る。このままでは、腕をなまらして戻ってきたのかと馬鹿にされかねない。

（どうする）

山南はきらきらと光を照り返す多摩川の流れに目を注いだ。

（とにかく行ってみるか）

手応えのある相手を捜しての武者修行ではあるが、まったく無駄に過ごしているのではなかった。

川越では大川平兵衛《おおかわへいべえ》道場の高弟三人と立ち合い勝利し、上野国《こうずけ》前橋《まえばし》でも練達の士だと名高い伊崎清三郎《いざきせいざぶろう》と五本勝負を行い、四本取って勝ち、しばらく伊崎道場の客分として門弟の指導にあたり、十両の指南料を受け取った。

前橋をあとにすると高崎《たかさき》でいくつかの道場を訪ねたが、手応えのある門弟はいなかった。その後秩父《ちちぶ》をまわったが、いたずらに歩くだけに終わり、所沢《ところざわ》を経て府中《ふちゅう》宿に入り、一軒の旅籠《はたご》に長逗留《とうりゅう》した。

旅をしていると、とかく世事に疎くなるのはご多分に漏れずで、山南が黒船騒ぎを聞いたのはつい一月ほど前のことだった。しかし、異国の船が日本に来たからと騒いでも山南の関心事ではなかった。

「とにかく今日のうちに場所だけでもたしかめておかねば……」

雲間から日の光を落とす空を眺めて立ち上がり、川沿いの道を辿《たど》った。孤独な旅をつづけるうちに、我知らず独り言が口をつくようになっていた。

日野《ひの》宿で八王子に腕の立つ剣術家がいると耳にした。八王子宿に近い戸吹《とぶき》村に天《てん》然理心《ねんりしん》流の道場があるというのだ。当主の名は松崎和多五郎《まつざきわたごろう》と言うらしい。いかほどの腕があるのかわからぬが、とにかく会わなければならない。

多摩川から南へ下り、さらに道を西に辿り、出会った村の者に戸吹村を訊《たず》ねていくとその場所がわかった。

八王子宿から日光《にっこう》脇往還を北へ辿り、いずれ多摩川に流れ込む谷地《やじ》川に近いところにその道場はあった。

なんのことはない。戸口に「松崎道場」と粗末な字で書かれた掛看板はあるが、その辺の百姓家と変わらぬ粗末な佇《たたず》まいだ。

「ここか」

戸口に向かうと、ひょいと表に出てきた若い男がいた。片手に木刀を提げ持ち、訝《いぶか》しげな目を向けてくる。

「こちらの道場の者であろうか？」

山南は問うた。

「そうですが、なにかご用ですか？」

「わたしは江戸にある玄武館道場の山南敬助と申す。この道場に松崎和多五郎とおっしゃる御仁がおられると聞いたのだが、いらっしゃるか？」

相手は旅装束の山南を品定めするように見てから答えた。

「松崎先生は留守です」

「いつお帰りになる？」

「先生にどんなご用でしょう？」

相手は問い返してきた。たしかに用向きを伝えるのは礼儀であろう。

「わたしは廻国修行中の身である。松崎殿は手練《てだ》れの剣術家だと耳にいたした。ついては立ち合いを願いたいと思い訪ねてまいったのだ」

「先生と試合を……」

山南は顎《あご》を引いてうなずいた。

「先生が受けられるかどうかわかりませんが、明日でないと会えません」

「なにゆえ？」

「先生は八王子千人同心です。お役目がありますので……」

それは困ったなと、山南は暮れなずんでいる空に視線を泳がせた。

「山南様は江戸の玄武館の方なのですね」

「そう申したはずだ」

若い男は足許《あしもと》に視線を落とし、短く思案したのち、

「どちらにお泊まりなのですか？」

と、まっすぐ山南を見てきた。いましがたまで疑心に勝った目をしていたが、興味ありげな顔つきになっていた。

「宿はまだ決まっておらぬ。留守であればしかたない。出直すとしよう。しかし、このあたりに旅籠はなさそうであるな」

「八王子宿まで行かないとありません」

「宿場までかなりあるな」

山南は八王子宿の外れから歩いてきたので、おおよその見当はついていた。おそらく二里半はあるだろう。急いでも一刻はかかるし、間もなく日が暮れる。

「もし、よければわたしの家にお泊まりになったらいかがでしょう」

男はずいぶん親切なことを言って、言葉をついだ。

「わたしの父も剣術を習っています。江戸の玄武館と言えば、北辰一刀流の千葉周作先生の道場ですよね」

「いかにも」

「玄武館のことや千葉先生のお話をしてもらえるなら、父は喜んで迎えてくれるはずです」

「迷惑にならぬだろうか」

「遠慮はいりません」

山南は短く思案をして、男の家を訪ねて断られたら、宿場に行って宿を取ればいいだろうと思った。

「では、頼まれてくれるか」

「はい。わたしも江戸のことを聞きたいのです」

男はにっこり笑うと、道場の戸を閉めてから山南をうながした。

六

男の名は小峰軍司《こみねぐんじ》と言った。若く見えたが、数えの十九歳で山南とさほど変わらぬ年齢だった。それに、他人に嫌悪感を与えない人のよさそう面立ちで、

（こやつ、育ちがいいのでは……）

と、山南に思わせた。

暮れなずんだ空の下を二人は肩を並べて歩いた。

「ご実家はなにをされておるのだ？」

話しぶりから軍司が武士の子ではないと感じたから聞いたのだった。

「父は村の名主です。ですが、剣術に凝っていましてあまり村のことには熱心ではありません。村役らは苦い顔をしていますが……」

軍司は苦笑して山南を見た。

「親父殿が剣術に……すると、おぬしは親の感化を受けて松崎殿に剣術を学んでお

るのか？」

「さようです。昨年の二月に松崎先生の門に入りました」

軍司は楽しげに話す。言葉を交わすうちに軍司は口が軽くなり、山南が聞きもしないことを勝手に話した。

軍司の師である松崎和多五郎は、同じ千人同心の増田《ますだ》蔵六《ぞうろく》という組頭から免許を受けたという。その増田もさっきの道場のあった戸吹村に住んでいるらしい。

千人同心は甲州《こうしゅう》と江戸の国境にある八王子の警備と治安維持のために設けられていた。基本は郷士集団で、同心は十三俵一人扶持《ぶち》だが、平時は農耕に従事している。百人一組が十組あり、千人頭は三百石から六百石取りの旗本が就いている。各組には三十俵一人扶持の組頭が一人いて、配下を統率し千人頭の指揮のもと役目をこなしていた。

しかし、天下太平の世がつづくうちに、本来の役目が変わり、二組百人で半年交替の日光火之番をしたり、一組百人が蝦夷《えぞ》開拓などに駆り出されていた。

「すると、松崎殿の師である増田蔵六なる方は千人同心の組頭であるか」

「そうです」

山南は歩きながら松崎和多五郎を相手にできないなら、その師である増田蔵六と立ち合うべきかと考えた。

西に傾いていた日は、いつしか山の端に落ちて消え、茜色《あかねいろ》の空も次第に暗くなり、山南と軍司の影を消していた。

軍司の実家は左入村《さにゅう》にあったが、山南はその広大な敷地の広さに驚いた。屋敷内を小川が流れ、半里ほど先にある雑木林も自分の家だと軍司は教えた。それから広い庭の片隅にある建物を指さし、

「あれは父が建てた道場です」

と、こともなげに言う。

自宅に道場があると知った山南は驚かずにいられなかった。

それから玄関に入り、軍司が父親の久次郎《ひさじろう》を紹介した。

久次郎は警戒するような目を向けてきたが、山南が玄武館の門弟だと知るや表情を一変させ、「是非にも千葉先生の話を聞かせてください」と、目を輝かせた。

それからは酒食をもてなしての歓待となった。

久次郎は千葉周作のことをあれこれ訊《たず》ね、四天王であった森要蔵・庄司弁吉・塚田孔平・稲垣定之助のことを身を乗り出して聞いた。

「すると、みなさんは道場を離れ、それぞれの国許にお帰りになっていらっしゃる

ということでしょうか？」

久次郎は山南に酌をしながら興味津々の顔を向けてくる。

「主君にご奉公しなければなりませんから、致し方ないことです。そうはいっても道場を開いて子弟の指導にあたっている方もいらっしゃいます」

「おっしゃることはよくわかります。それでいま道場はどなたが、継いでいらっしゃるので？」

「長男の奇蘇太郎様です。次男の栄次郎様は、周作大先生と水戸家に仕えていらっしゃいます」

「玄武館には五千人ほどの門弟がいると聞いたのですが、まことでございますか？」

「まあ、そのくらいはいるであろう。大先生の弟定吉先生の道場と合わせれば、もっと多いかもしれぬ」

「大した道場ですね。八王子の片田舎とは大違いでございますね。それで山南様は松崎先生との試合を望まれているのですね」

「いかにも。だが、松崎殿の師は増田蔵六という千人同心の組頭だと聞いた。そうであったな」

山南はたしかめるように軍司を見た。軍司はうなずく。

「増田殿にも是非とも立ち合ってもらいたいと考えている」

「いやあ、それはちょっと無理がございます。増田先生はもうお年です。今年で数えの六十七か六十八になられますから。それに腰も弱っていらっしゃいます」

なんだそんな年寄りだったのかと、山南はがっかりした。

「ならば松崎殿に手合わせをお願いするしかないか」

「山南様、明日《あした》わたしが先生にお会いして話をしてみます」

隣に座ってる軍司が言う。

「頼まれてくれるか」

軍司が快く引き受けてくれると、久次郎が言葉を足した。

「松崎先生もよいでしょうが、どうせなら江戸の試衛館《しえいかん》の師範代あたりとおやりになったらいかがです」

「試衛館のことは知っておるが、江戸に戻るわけにはいかぬのだ」

「ご心配ご無用です。日野に試衛館の出稽古《でげいこ》場がありまして、ときどきその師範代が見えるのです」

「試衛館の師範代か……なんと申す者だ？」

「ご宗家の養子になられた嶋崎勇《しまざきいさみ》という方です。ご宗家の代理で熱心に稽古をつけられていると耳にしております。佐藤彦五郎《さとうひこごろう》という日野宿の名主がおりまして、その家で稽古をつけていらっしゃるようで、いずれわたしもご指南いただきたいと考えているんです」

「嶋崎勇……」

山南は初めて聞く名であったが、のちの新撰組局長となる近藤《こんどう》勇である。

「ふむ、それはおもしろいかもしれぬ。よし、松崎殿との立ち合いを終えたあとにでも、その嶋崎殿と一戦交えてみるか」

山南は酒を嘗《な》めるように飲み、松茸《まつたけ》の煮染《にし》めを口に運んだ。

「山南様、もしお急ぎの旅でなければ、しばらくここにお留まりいただけませんか。家は広うございます。空いている部屋もありますし、ご自由に使っていただいてかまいません」

「そう言ってもらえるのは嬉《うれ》しいが、迷惑であろう」

久次郎はとんでもないと言って顔の前で手を振る。

「その代わりと言ってはなんですが、北辰一刀流の技を少し教えていただけませんか。この倅《せがれ》もおそらく習いたいはずです」

久次郎に顔を向けられた、軍司も、そうしてもらえるとありがたいと、にこやかな顔で言う。

「指南するのはやぶさかではないが、そなたら親子にはそれぞれに師匠がおられるではないか」

「師匠は師匠、山南様は山南様です。是非にもお願いいたします」

久次郎が頭を下げれば、軍司もそれに倣った。

「まあ、親切を受けている手前もあるからな……」

七

玄武館鍛冶橋道場には、鳥取藩をはじめ、水戸藩、土佐藩、熊本藩、岡藩などといった諸国大名家の子弟らが多くやってくる。

彼らは熱心に稽古に励むが、いったんその稽古を終えると、幕府のことや日本にやってくる異国船について話をすることが多い。そのために自分たちの藩はいかなる策を講じなければならぬなどと、口角泡を飛ばして話し合う。

黒船来航以来そういった話が俎上《そじょう》に載せられることが増え、また諸国には静かな動きがあるという。その動きとは尊皇攘夷《じょうい》であった。

尊皇に傾くならば幕府とその将軍家はどうなるか、また諸藩は今後いかなる態度を取ればよいかということが議論の核だった。というのも、ペリー艦隊が帰国の途に就いた直後にロシア使節のプチャーチンが軍艦四隻を率いて長崎に入港したからだった。

アメリカもロシアも幕府に国書を受け取るように要求し、幕閣はその対応に右往左往し、毅然《きぜん》とした態度を取れず、ペリーにもプチャーチンにも曖昧《あいまい》な回答しかしていない。幕府重臣らの間には、その対応をよしとせず、また諸国大名家も現体制の幕府に不信を募らせていた。

夷狄《いてき》政策として打ち出されたのは、九月に大船建造が解禁されたことぐらいである。そんななか、七月に海防参与に登用された水戸藩主徳川斉昭は強硬な攘夷論を主張し、海防の備えとして大砲と弾薬の鋳造を急がせ、また洋式軍艦の建造にも力を注いでいた。しかし、水戸藩に追随する諸国大名家は少なく、幕府の意気は上がっていなかった。

代わりに鼻息を荒くしたのが、吉田松陰、梅田雲浜《うめだうんぴん》、頼三樹三郎《らいみきさぶろう》、橋本左内《はしもとさない》などの知識人であった。

しかし、大河にとって幕政とか藩政といったことには興味がない。とにかく自分の腕を上げることが第一で、頭にあるのは一流の剣術家としていかにおのれを鍛え上げればよいかということであった。

秋は深まりつつあり、市中のあちこちで赤や黄に色づく木々が見られるようになった。通りを歩けばどこからともなく枯れ葉が舞い落ちてきて、カサカサと乾いた音を立てて塵《ちり》となった。

玄武館は秋に門弟同士の試合を行い、免状授与の可否の査定をするが、黒船騒ぎのあおりを受けた諸国大名家の子弟が集まらないという理由で、今回は見送り暮れの大試合で門弟の技量の判断をすることになった。

そのこととは別に、大河の身辺に変わったことがあった。まず石山孫六に完勝した噂が広がり、静かに大河の名前が知れわたるようになったのだ。そのおかげで、市中の道場から稽古をつけてくれないかという打診を受けるようになった。

もちろん伺いを立てられれば断りはしない。月に四度、あるいは十日に一度などと、出稽古の日取りはまちまちだが、大河はせっせと足を運び、若い門弟へ剣術の指導をするようになった。

出稽古は一人につき一朱だと、以前、坂本龍馬から聞いていたが、なるほどそうであった。しかし、教える相手は一人だけではない。呼ばれた道場に行けば、三人あるいは五人の門弟がお願いすると言って頭を下げてくる。

当然実入りがよくなったので、傘張りの内職は自然とやめていた。

その日は鍛冶橋道場で柏尾馬之助を相手に稽古をして、いい汗を流したあとだった。

道場の隅で着替えを終えひと息ついていると、重太郎の代稽古《だいげいこ》を務めている栂野貫太郎がそばにやってきて、どっかりあぐらをかいた。

栂野は津山藩の勤番だが、江戸留守居役の命で定府の身である。世間が夷狄をどうの、幕府がどうのという話にはあまり関心がないようで、決まって剣術の話になるのが常であった。

「栂野さんは、どんな剣術家を目指してらっしゃるのですか？」

それはにきび面の馬之助が聞いたことだった。栂野もそうだが、大河もそういった話が好きである。

「どんな剣術家……そう聞かれれば、答えは簡単である。おれの目ざす、いや敬い憧《あこが》れているのは宮本武蔵《みやもとむさし》をおいて他にはない」

「名前は聞いたことがあります」

馬之助はそう言うが、大河はひそかに宮本武蔵のことを知りたいと思っていた。

聞き伝えの話ではあるが、二刀流の遣い手で剣聖と讃《たた》えられる人物だ。武蔵の話は何度か耳にしているが、詳しいことは知らなかった。

「おれはご存じのとおり美作《みまさか》国津山の出だ。じつは宮本武蔵も美作の出なのだ」

「そうなのですか」

馬之助は感心したように目をまるくする。大河は興味を持っているので、意外な話題に好奇心を旺盛《おうせい》にして栂野のつぎの言葉を待った。

「語れば尽きぬほどであるが、幼少の頃より剣を嗜《たしな》み、弱冠十三歳にして有馬喜兵衛《ありまきへえ》という新当流《しんとう》の練達者を倒している」

「十三で……」

大河は驚きに目をみはった。

「うむ。十三でだ。おれも信じがたいが、そう言われておる。それから剣の腕を磨きつづけ、齢《よわい》二十九になるまで諸国をまわり、六十余の試合をして一度たりとも負けておらぬ。京都の吉岡《よしおか》一門との争いや、巌流佐々木小次郎《がんりゅうささきこじろう》との試合などがある」

「六十余の試合をして一度も負けなし」

大河はうなるような声を漏らす。

「さよう。最後の試合相手が佐々木小次郎だったのだが、そのとき武蔵殿は刀を使わず、舟の櫂《かい》を使って勝ちを得ている」

「宮本武蔵は二刀流だったはずです。そう聞いていますが……」

「さよう。だが、佐々木小次郎のときは使わなかった。考えあってのことだとは思うが、並外れた剣の遣い手だったのは確かであろう」

「栂野さん、二刀流の道場があるというのを聞いたことがないのですが、宮本武蔵に弟子はいなかったのですか？」

「大勢いたと聞いている。だが、二刀流は難しいのだろう。いつの間にか廃れたようだ」

「では、宮本武蔵の弟子は絶えたということですか？」

「国許《くにもと》で弟子がいるという話はあまり聞かぬな。武蔵殿の終焉《しゅうえん》の地は熊本だった。その熊本には弟子が大勢いたらしいが、熊本藩の勤番らに聞いても二刀流を学んでいる者は知らないと言う」

「もし、二刀流を使う人がいたら、是非とも会ってみたいですね」

　馬之助も武蔵には興味があるようだ。

「宮本武蔵のことをもっと教えてもらえませんか。どんな試合をしてどんな技を使ったのか、是非とも知りたいものです」

大河は栂野に体を向けて請うた。

「アハハ、大河はこういったことになると目の色を変える。話はいろいろあるさ。いちどきに話せと言われても、さて、どこから話したらいいものか……」

「どこからでもいいです。聞かせてください」

馬之助も頼み込むように身を乗り出す。

「おおここにいたか、丁度よかった」

突然、そう言って見所脇の出入口から姿をあらわしたのは道三郎だった。そのまつかつかとそばまで来ると、

「大河、つぎの相手が決まった」

と、目を輝かせた。

「どなたでしょう？」

「斎藤歓之助《さいとうかんのすけ》殿だ。これまで立ち合った誰よりも強者だ。話をしたら、歓之助殿は来年早々に肥前《ひぜん》に赴かれるらしい。おまえの話をしたら、手土産話に勝負をしてもよいと言ってくだすった」

「まことに」

大河は目を光らせた。

斎藤歓之助は神道無念流練兵館《しんとうむねんりゅうれんぺいかん》の当主、斎藤弥九郎《やくろう》の三男で、大村《おおむら》藩に剣の腕を買われ百石で江戸詰の馬廻役として召し抱えられていた。年は大河より二つ上だが、その名は広く知られていた。

「歓之助殿は以前、栄次郎兄さんに痛い目にあっているので、その借りを返したというう思いもあるのだろう。やるか」

「もちろんです」

「では、話をまとめることにする」

「お願いいたします」

大河は道三郎に応じたあとで、栂野に顔を向け、

「さっきの宮本武蔵の話、またあらためて教えてください」

と、頼んだ。

第六章　闇討ち

一

小峰軍司は思わぬ客人を家に迎え、少し心が浮き立っていた。父親の久次郎も、朝から晩まで「山南様、山南様」と、村の仕事そっちのけで剣術の手ほどきを受けたがっている。

「まるで子供みたいではないですか」

軍司が苦笑交じりに言うと、

「なにを言うか。相手が玄武館の免許持ち、それも彼の千葉周作大先生の高弟なのだ。こういうときに教えを請わねばどうする。軍司、おまえもしっかり習うんだ」

と、父の久次郎は言葉を返す。

剣術となると目がない父に感化されている軍司はあきれるしかないが、たしかに山南の教えは、師の松崎和多五郎とは違っていた。

軍司が松崎和多五郎の門に入ったのは、昨年の二月である。まだ二年もたっていないので、ひよっこ同然だ。しかし、厳しい松崎の教えと違い、

「よいぞ。その所作を忘れてはならぬ。おぬしはなかなか筋がよさそうだ。稽古《けいこ》次第でもっと上達するであろう」

と、山南は褒めてくれる。

軍司は褒められるとその気になり、山南から教わった足のさばき方や簡単な型稽古を自分のものにしようと熱心に取り組みはじめた。

一方の師である松崎の教えは、素振りにはじまり素振りに終わると一本調子の教えで、足のさばき方や腰の使い方などはまだ教えてくれない。まだ、それには早いと言うのだ。

ところが山南は、

「実戦に即した稽古をすることが上達の秘訣《ひけつ》である」

と、はっきりと言う。

軍司はそうだと思い、感心しながら深くうなずいていた。

そして、山南に頼まれていた松崎和多五郎との試合であるが、延ばし延ばしになっていた。それは、千人同心である松崎の勤めの都合があり、しばし待てと言われていたのだ。

その間に軍司親子は山南の稽古を受けて上機嫌になっていたが、松崎が非番になったその日、軍司は山南を伴って戸吹村の道場に向かった。

山南は軍司より二歳上で、親しみやすい面立ちだし、気さくでもあった。つい先日会ったばかりであるが、軍司は山南を慕うようになっていた。そのせいか、これから行われる立ち合いに複雑な思いがあった。

師である松崎には勝ってもらいたいが、山南にも負けてほしくなかった。

戸吹村の道場の戸は開いており、縁側の雨戸も開け放してあった。すでに松崎和多五郎は稽古着姿で、型の稽古をしていた。

「先生ッ!」

軍司が声をかけると、松崎は稽古を中断して軍司と山南に目を向けてきた。そのまま縁側まで歩み出、山南を短く眺めた。

「そなたが玄武館の山南殿であるか。若いな」

そういう松崎は齢《よわい》三十八歳で、脂ののった顔をしていた。背は小柄な山南とあまり変わらないが、肩幅の広い頑丈な体つきだ。

「山南敬助です。廻国《かいこく》修行の途にありますが、松崎殿の名を耳にいたし、是非ともお手合わせ願いたいと思い罷《まか》り越した次第です」

「それはご苦労でござる。ま、見てのとおりの粗末な道場ではあるが、お入りくだされ」

軍司は山南といっしょに道場に上がった。松崎はすぐに立ち合おうとはせず、軍司に茶を淹《い》れるように命じ、山南に江戸の様子をいくつか訊《たず》ねた。それは江戸の道場のことや、その年の六月に黒船が来たときの騒ぎについてだった。

「お恥ずかしいのですが、黒船の一件は旅に出たあとに起きたことで、その騒ぎを耳にいたしたのはつい先日のことなのです。さて、江戸でどのように騒がれたのか、わたしにはとんとわかりませんで……」

「そうでござったか。わたしもよくは知らぬが、八王子千人同心にもお呼びがかかっているようだ。いずれ、海岸警備のために駆り出されそうである」

「それはご苦労なことでございます」

「山南殿はいずこかに仕えておられるのか？」

「わたしは気ままな身です。また仕官する気もありませぬ」

松崎は「ふむ」と、短くうなってしばらく沈黙を保った。なにか考えをめぐらしているような顔だった。軍司は淹れた茶を二人にわたし、近くに控えた。

「千人同心は蝦夷にてお役を仰せつかっていた。かつてロシアが幕府に開国を迫り、断れば武力を持って要求すると脅したことがある。だが、幕府は頑として撥《は》ねつけた。それから年月を経て、アメリカから黒船がやってきた」

松崎は茶に口をつけて間を置いた。

山南は静かに座してその松崎を見つめている。

「お上の悪口を言うわけではないが、此度《こたび》の黒船の一件は穏やかではない。もっと毅然《きぜん》と撥ねつけるべきだった。ご存じかどうか知らぬが、清《しん》の国はイギリスにまつろうておる。そのイギリスにくわえてフランス、そしてアメリカが日本に近づいている。このこと幕府も承知しているが、これという手立ては取られていない。このまま甘い顔をしておれば、幕府、いや日本は清の二の舞となり、乗っ取られるやも知れぬ」

「千人同心には学のある方が多いと聞いていましたが、松崎殿もそのお一人のようですね。かく言うわたしは無学なもので、さような話にはついていけません」

そう言って茶に口をつけた山南を見た松崎は、興醒《きょうざ》めした顔になった。軍司はなぜ松崎が普段しない話を持ち出したのか解せなかった。なにか考えがあってのことだろうが、早く立ち合いを見たいと気を焦らせた。

「ならば早速、支度願おうか」

暖簾《のれん》に腕押し、山南のことを張り合いのない話し相手と見たのか、松崎は立ち合いをうながした。

「他に門弟の方はおられぬので……」

支度を終えた山南は解せぬ顔で松崎を見、そして道場を見まわした。

「門弟は夕刻にならぬと来ない。みんな仕事を持っているのでな」

松崎はそう答えて道場の中央に歩み出た。百姓家を改築した粗末な道場は、およそ三間四方である。

「何番所望される？」

松崎の問いに、山南は立ち上がって答えた。

「三番でいかがでしょう」

「承知した」

軍司は縁側に移って座り直し、膝《ひざ》に置いた手をにぎり締めた。

二

軍司は師の松崎和多五郎と、山南敬助の立ち合いを食い入るように見ていた。

どちらにも勝ってほしい、どちらにも負けてほしくないという複雑な思いがあったが、勝負はあっさり二番ついた。

師の松崎は余裕の体で山南の攻撃を受けていたが、突きを見舞った瞬間、真正面から面を打たれてあっさり一番取られた。検分役はいないが、対戦する二人は練達者なので互いの勝敗を認め合う。

松崎は潔く一番取られたことを認め、元の立ち位置に戻り竹刀を構え直した。軍司の目にも松崎の目の色が本気に変わったのがわかった。

すぐに二番目の勝負となったが、松崎が先に仕掛けていった。突くと見せかけての擦り上げ面であった。決まったと軍司は思ったが、山南は面を打たれる寸前で体をひねり松崎の小手を打っていた。あっさり二番、山南が取った。

(強い……)

軍司は膝の上の拳《こぶし》をにぎりしめた。

三番目の勝負になると、松崎は不用意に出て行かず、山南との間合いをはかりながら隙を狙っていた。山南は摺《す》り足を静かに使って間合いを詰める。それを嫌って松崎が左にまわる。

庭の熟柿《じゅくし》をついばみに来た鵯《ひよどり》が鳴いているが、道場内には薄氷を踏むような緊張感がみなぎっていた。

庭を転がる枯れ葉がカサカサと乾いた音を立てたとき、山南が動いた。床板を蹴《け》って面を打ちに行ったのだ。松崎はピシッと左に打ち払い、返し技で面を打ったが、決まらなかった。

両者はパッと跳びしさり、間合い一間半で互いに青眼の構えになった。

（先生、一本は……）

軍司は師匠の松崎に声援を送るように心中でつぶやく。その直後、山南が動いた。突きを送り込み、かわされると胴を抜きに行った。しかし、僅差《きんさ》で松崎の竹刀が早くうなった。

バチッ。

山南の横面が打たれていた。一本決まりである。

「まいりました」

山南は下がって言うと、静かに竹刀を納めた。松崎も竹刀を納め、頭を下げたが、納得のいかない顔をしていた。

「さすが玄武館の手練《てだ》れである。恐れ入った」

松崎は面を脱いで負けを認めた。

「あと五番やったら、わたしは負けるでしょう。松崎殿にはそれだけの腕があると見ました」

「謙遜《けんそん》などおこがましい。負けは負けだ」

松崎は憮然《ぶぜん》とした顔で、防具を脱いだ。

それから山南は松崎と短く言葉を交わしたあとで、

「日野にある試衛館の出稽古《でげいこ》場に、師範代の嶋崎勇という者が来ていると耳にいたしましたが、松崎殿はご存じでしょうか？」

と、訊ねた。

「話は聞いているが、会ったことはない。だが、かなりの腕だという評判だ。八王子にもその噂は聞こえている。天然理心流の二代宗家三助《さんすけ》様は、この村の出なのでさような話は自《おの》ずと入ってくるのだ。嶋崎なる男は、三代宗家の周助《しゅうすけ》様が開いた江戸の道場で力を上げたらしいが、その力量はわからぬ。もしや、山南殿は……」

松崎はキラッと目を光らせて山南を見た。

「是非にも会ってみたいものです。そのための廻国修行なのですから」

「ごもっともなことで……」

二人の話が終わると、軍司は山南といっしょに左入村に戻ることにした。

まだ日は高く、色づいた山の上で舞う鳶《とび》が声を降らしてくる。荒れた村道を歩きながら、軍司はしきりにさっきの立ち合いのことを話したが、山南は口の端にやわらかな笑みを浮かべたまま多くを語らなかった。

「三番目は先生が勝ちましたが、あと二番やればどうなったでしょう？　山南様はあと五番やったら負けるとおっしゃいましたが……」

軍司はきらきらと澄んだ瞳《ひとみ》を山南に向ける。

「相手の力がわかれば、無理に押さえ込む必要はない。それも礼儀であろう。わたしはそういう教えを受けている」

軍司はハッとなった。山南は三本目をわざと負けたのだ。そうなのかと問えば、山南は小さく微笑んだだけだった。

軍司はしばらく黙り込んで歩きながら、自分も北辰一刀流を習いたいと思った。だが、すぐに村を離れるわけにはいかない。軍司は家督を継ぐ長男であるし、江戸は近いようで遠い。

その夜、軍司は夕餉《ゆうげ》の席で、山南と松崎の立ち合いを事細かに父の久次郎に話した。やや興奮の口ぶりであったが、話を聞いた久次郎はあらためて山南を畏敬《いけい》するような目で見、

「山南様、急ぐ旅でなければ、もう少しこの家で遊んでいかれませんか？」

と、言った。

軍司には久次郎が山南から手ほどきを受けたがっているのがわかった。

「玄武館には山南様より強い人が他にもいるのですね」

久次郎の言葉を遮るように軍司は口を挟む。

「いる」

山南はちびりと酒を飲みながら短く答える。

「やはり、千葉周作様とかお倅《せがれ》たちでしょうか？」

久次郎はこういった話には目がない。

「無論、師である周作大先生や弟定吉先生、そのお倅たちは別格だ」

「と、言いますと……」

「大先生やお倅は門弟を指導される立場だ。門弟との試合は滅多にやらない。門弟

が立ち合うのはもっぱら同じ門弟である。そうは言っても、教わる子弟はいずれ師を超えなければならない。師もそれを願われているし、わたしら門弟もそうなるように日々稽古を積んでいる」

「……すると、その先生方より腕を上げた人もいるのですね」

「誰々とはっきりは言わぬが、いらっしゃるはずだ。しかし、じかに立ち合いをするようなことはない」

「山南さんに張り合える門弟もいるんですね」

軍司もあまり飲めぬ酒を飲みながら訊《たず》ねる。

「いる。わたしが一番強いわけではない」

「どんな人でしょう？　まあ、聞いてもわかりませんが……」

軍司の問いに山南は口許《くちもと》に運んだ杯《さかずき》をそのままにして、短く宙の一点を凝視した。

「旅に出る前に試合をした山本大河という門弟がいる。軍司と同じ年だ。そやつにわたしは負けている」

そう言った山南は悔しそうな顔をして酒をあおった。

「わたしと同じ年で、山南様を……」

軍司は目をしばたたき、その山本大河という男に会いたいと思った。やはり、江戸に行かなければならないと思いもする。

「世間は広い。八王子の小さな片田舎にいては埒《らち》が明かぬのかな」

久次郎はため息交じりにつぶやく。

「山南様、剣術で最も大切なことはなんでしょうか？」

軍司は以前から知りたいと思っていたことを問うた。

「いろいろある。心の持ちようや礼儀作法もそのひとつだが、やはり基本は構えであろう」

「構え」

「……構え」

軍司と久次郎はほぼ同時に言った。

「さよう。一言では言えぬが、攻めにも守りにも大事なのは構えだ。稽古を積み、いろんな相手と戦い、自ら悟るべき構えだ。わたしも手探りをしているところだ」

「その構えの初手で結構でございます。コツがありましたら是非とも教えていただけませんか」

久次郎は「ささ」と、山南に酌をする。

三

山南敬助が八王子に逗留《とうりゅう》している頃、山本大河はつぎの対戦に向けて稽古を積む毎日であった。しかし、傘張り内職の代わりに出稽古をつけに行く道場がある。宇田川町の神尾《かみお》道場もそのひとつだった。師範の神尾三郎助《さぶろうすけ》は六十過ぎの老人で、近年足腰を悪くしていた。後継者となる一八郎《いちはちろう》という長男が師範代を務めているのだが、当主の三郎助は、

「どうにも困ったものでな。大きな声では言えぬが、女に狂いおった。魂を抜かれたのか、剣術から遠ざかって久しいのだ」

と、苦々しい顔をして、大河に若い門弟の指南役を依頼していた。この出稽古の対価は、月十日で一両と安かったが、若い門弟の指南は難しくない。それに他の道場に呼ばれることもあるので、なんとか暮らしを立てることはできた。

神尾三郎助は千葉周作と同じ中西派一刀流の浅利又七郎《あさりまたしちろう》門下だった。大河の名を知ったのはつい最近のことだが、あの高柳又四郎に勝ったという噂を聞き、出稽古を依頼してきたのだった。

思いもよらぬ話を聞くことになったのは、神尾道場からの帰りだった。芝口橋をわたり出雲《いずも》町を抜けるとき、乾物屋吉田屋の倅徳次が声をかけてきたのだ。

「これは徳次、こんなところでなにをしておる?」

「店の仕事です。ですが、いいところでお会いしました。じつはお耳に入れておかなければならないことがあるんです」

徳次は人懐こい顔を急にこわばらせてあたりを見た。

「なんだ?」

「ちょっとそこの茶屋で話します」

徳次はそう言って、すぐ近くにある茶屋に大河を誘った。

「いったいなんだ?」

店の小女が茶を運んできたあとで、大河は徳次に顔を向けた。

「こんなことを言っていいのかどうかわかりませんが、いやな話を聞いたのです。道場に津山藩の栂野さんがいらっしゃいますね」

徳次は言葉を切って躊躇《ためら》いを見せた。

「栂野さんがいかがした?」

「山本さんのことですからお話ししますが、聞き違えと言うこともありますので、他言無用に願います」

「わかった。だからなんだ？」

「山本さんは栂野さんとなにかありましたか？」

「妙なことを聞くな。なにもないさ。栂野さんがどうだというのだ？」

「昨日、うちの近所の蕎麦屋《そばや》で栂野さんが連れの方と山本さんの話をしていたのです。山本はいけ好かぬとか、お玉ヶ池の道三郎様に胡麻《ごま》をすっている節があるとか、そんなことを話されていまして、出る杭《くい》は早めにたたいておくべきだみたいなことを言っておいでだったのです」

「おれのことを……栂野さんが……」

大河は目の前を行き交う人の波に目を向けて、栂野貫太郎の顔を思い浮かべた。剛直そうな浅黒い顔。普段はむんと口を引き結んでいるが、大河には愛想がよい。先日は宮本武蔵の話をしてくれもした。最近は忙しい重太郎の代わりに熱心に稽古もつけている。

「なにやら物騒な話をされているようなので、わたしも怖くなりまして、みなまで聞いていないのですが、山本さんを痛めつけておくとか、鼻持ちならぬとか……そんなことを話しておいでで」

徳次は尻《しり》すぼみに言って、申しわけなさそうにうつむいた。

「おれを痛めつけるとか、鼻持ちならぬと、そう言われたのか」

「それが山本さんを指しておっしゃったのかどうかはわかりませんが……なんとなくそんなふうに聞こえましたので……」

「あの栂野さんが、おれのことを……」

大河はつぶやくような声を漏らし、暮れはじめている空を見た。

「栂野さんの連れは誰だった？　道場の者か？」

「わかりません。でも、お侍でした。栂野さんと同じ藩邸の人だったのかもしれません。なにもかも聞いたわけではないので、どうしようかと思っていたのですけれど、気になることですから山本さんに話しておこうと思いまして……」

「それはご親切に。かたじけない」

「余計なことだったかもしれませんが……」

徳次はぺこぺこ頭を下げると、店に戻らなければならないと言って、そのまま去っていった。

大河は茶屋の床几《しょうぎ》に座ったまま暮れなずむ空を眺めた。

（栂野さんがおれのことを……）

よく理解できないことだった。

しかし、人はそれぞれである。栂野貫太郎は定府の勤番という利を得て、しっかり玄武館で修行し、師範の定吉から直々の指導を長年受け、師範代になった人である。

ところが栂野より若い自分は、わずか数年で免許をもらい、後進の子弟の指導をするようになり、くわえて道三郎に目をかけられ、名を広めつつある。栂野は腕はあるが、名のある剣士との他流試合はやっていない。

順番で行けば、力量のある剣士と他流試合をするなら栂野が先にやるべきなのだ。

ところが、遅れて入った自分が先にその機会を得ている。

もし、これが逆の立場であったならと大河は考える。おそらく面白くないであろう。嫉妬《しっと》するかもしれない。だからといって、道三郎が調えた試合を放棄する気にはなれない。

（様子を見るか……）

大河は徳次の早とちりで、聞き間違いかもしれないと思った。

津山藩江戸藩邸――。

表御殿の上に寒々しい秋の月が浮かんでいる。虫の声は日毎に少なくなっており、ときおり空をわたる風の音が聞こえていた。

藩邸の長屋に戻ってきた桐野は、楽な着流しに着替えて居間に座った。手焙《てあぶ》りに火を入れ、仄暗《ほのぐら》い行灯《あんどん》に油を足す。

「お邪魔いたします」

声をかけて戸を開けて入ってきたのは、同じ賄方の同心松尾《まつお》新右衛門《しんえもん》だった。

「これでいかがでしょう」

新右衛門は居間に上がってくるなり、小鉢を二つ膝前《ひざ》に置いた。大根おろしにしらすを散らしたものだった。賄方という役柄、酒の肴《さかな》に不自由することはない。

「十分だ」

桐野はそう言って、ぐい呑《の》みを新右衛門にわたし、徳利酒《とっくり》をついでやった。自分のぐい呑みにもなみなみとつぐ。

二人はしばらくその日の仕事のことと、明日の献立を短く話し合った。

「それで道三郎様から話は聞けたか？」

桐野は頃合いを見計らって本題に入った。新右衛門は注意深そうな目を向けてきた。

「それとなく伺うことはできましたが、おおむね話されたとおりだと思います」

「どんなことであるか……」

桐野は尖り顎《とがあご》で鋭い狐目の新右衛門を凝視する。行灯の芯《しん》がジジッと鳴り、近くの長屋から同じ勤番侍の笑い声が聞こえてきた。

「おそらく道三郎様の思惑は、師範代を育てるということにあるようです。いま師範の代理として指導をされているみなさんのほとんどは、桐野さん同様いずれかの大名家のご家来です」

「ま、そうであるな」

「藩に仕えているかぎり、そのまま江戸に留《とど》まることはできません。いずれは国許《くにもと》に帰り、また参勤で江戸に戻っては来ますが、それには一年という間があります。師範代並みの技量を持つ方がその間にいればいいのでしょうが、黒船騒ぎ以来諸藩は家来の多くを海防の任にあてています。師範代もそのお役に就かされています。よって門弟の指導をできる人が足りません」

「まあ、それはわかる」

「道三郎様は、常に道場に居着いて指導できる門弟を育てることを急ぐべきだと、さようなお考えをお持ちのようです。桐野さんは定府の身ですから、鍛冶橋道場はさほど困っていないのではないでしょうか」

「ふむ、それで山本大河を……」

「山本は浪人です。決まった主君もいなければ、仕えてもいません。師範代としては適役なのでしょう」

「他にも師範代になれそうな門弟はいるはずだ」

「いますが、道三郎様はかつての四天王に及ぶだけの力を持っている門弟はいないとおっしゃいます」

栂野は悔しそうに口を引き結んだあとで酒を嘗《な》めた。

自分の力量は、かつての四天王、森要蔵、庄司弁吉などに負けず劣らずだという自負があった。しかし、周作大先生の三男、道三郎はそう考えてはいないということか。

「奇蘇太郎様は弟の道三郎さんに意見されないのか？」

「されません。栄次郎様も仕官されていますし、道三郎様に口を挟む人はいないのです。それに奇蘇太郎先生はあまり体が丈夫ではありません」

「早い話、道三郎さんも奇蘇太郎様も、山本大河を急いで師範代に仕立てたいと、さような考えなのか」

「……おそらく」

「暮れの試合で決めればすむことなのに。気に入らぬことだ」

栂野は手酌で酒をつぎ足し、一気にあおった。玄武館は毎年暮れにお玉ヶ池と鍛冶橋の道場を合わせた大試合を行う。その試合で新たに免許を与えられる者が出、また師範代としての資格を与えられる。

「山本は腕を上げ、徐々に名を広めつつあります。他流試合も道三郎さんが率先して組まれます」

「おぬしは、それを知っていてなにも思わぬか。あやつとおぬしは同年のはずだ。それにあやつは村名主の倅《せがれ》、つまり百姓の出。多くの師範代はれっきとした武士である。おぬしも然《しか》りだ」

「道三郎様が何故、山本を身贔屓《みびいき》され、熱心なのか、それはわかりませんが、他の門弟を蔑《ないがし》ろにされている節があるので心安くはありません。口にこそ出しませんが、山本を小面憎《こづらにく》く思っている門弟は少なくないはずです」

「そうであろう。下士であろうが、武士としての矜持《きょうじ》はある。百姓上がりに大きな面をされるのは気に食わぬわな」

「いかにも」

栂野はしらす大根をつまみ、酒を飲み、短く思案し、それから新右衛門を眺めた。

「栂野さん、もしや本気で……」

「うむ。やつは近いうちに練兵館の斎藤歓之助と立ち合うことになっている。それもおれの目の前で、道三郎さんが山本に告げたのだ。間近にいたおれは除《の》け者だ」

「……………」

「斎藤歓之助は大村藩に重宝されている逸材。剣の腕もたしかなはず。親のおかげもあり名もある。その斎藤歓之助に山本が勝つとは思えぬが、万が一ということもある。もし、山本が勝ったりすれば増長するであろう。いまでさえ高慢さを臭わせておるのだ」

「道三郎さんの目論《もくろ》みを挫《くじ》くことになりますが……」

新右衛門は上目遣いに栂野を直視する。

「門弟らは公平に指南を受けるべきだ。一人だけに肩入れするのはおかしいだろう」

「ごもっとなことです」

「新右衛門、二、三日うちに、山本と地稽古《じげいこ》をやる。そのときにやつの腕なり足なりを痛めつける。そのあとで、おぬしは闇討ちをかけろ」

「わたしが闇討ちを」

新右衛門は狐目を大きく見開いた。

「殺せというのではない。竹刀が使えぬように腕なり足なりを斬りつけるだけでよい。さいわい、おぬしはお玉ヶ池の門弟で、山本もおぬしのことはあまり知らないはずだ。気になるなら顔を見られないように、頭巾《ずきん》を被《かぶ》っておればよいだろう」

「斬るんですか」

「どこでもいい。怪我をすれば、体は思うように動かせなくなる。まさか、臆《おく》しているのではなかろうな。他の門弟のためだと思えば造作ないはずだ」

新右衛門は唇を引き結んで短く視線を泳がせた。

「わかりました。桐野さんがやれとおっしゃるなら……」

「うまくやったら、お留守居におぬしが帰国できるよううまく計らう」

「……承知しました」

四

小網《こあみ》町に竹熊《たけくま》道場という小さな剣術指南所がある。この道場からも大河は呼ばれるようになっていた。出稽古料は、一回につき二分である。月に四、五回は呼ばれることになっているので、大河にとっては大事な稼ぎ場であった。

生計をしのぐための稼ぎではあっても、大河は若い門弟を相手にすると、熱心にならずにはおれない。

竹熊道場には侍の子弟は少なく、ほとんどが商家や職人の倅だった。玄武館や士学館などという道場は門弟の数が多く、なかなか目をかけられないだろうし、剣術のイロハからはじめる者への指導が大雑把になるのではないかと、勝手に危惧《きぐ》し、小さな道場で腕を磨きたいという者が多かった。

また彼らの多くが同じ意志のもと剣術をはじめているというのも知った。その意志とは、異国が攻めてきたら、自分たち町人も竹槍《たけやり》を持ってでも戦わなければならないという危機感から来るものだった。

黒船騒ぎの影響であろうが、勇ましく頼り甲斐《がい》のある心意気である。

それだけに彼らは目を光らせ、大河の指導を熱心に受ける。その朝もそうであった。

「声をもっと張れ。小さい。それでは相手を圧倒することはできぬ。気合いで負けたら、勝負でも負ける。もう一度だ」

大河に言われた若い門弟は、

「おりゃあ！」

と、腹の底から大声を発するが、大河は満足しない。

「もう一度だ。おれの耳が潰《つぶ》れるほどの声を張ってみろ」

門弟は竹刀を構えたまま、息を吸ってから、もう一度大声を張った。道場が小さいので、その声は外に漏れる。通りがかった町人が、驚いて格子窓からのぞき込んだりする。

「おりゃ、おりゃあー！　わぁー！」

「わぁーはいらぬ。おりゃあーでもいいし、こりゃあーでもいいから、もっと声を出せ。そのうち、大きな声を出せるようになる。あとは素振りだ。毎日、千回は振るようにしろ。素振りは基本中の基本だ。よいな」

「は、はい」

息を切らしている門弟は、きらきらと澄んだ瞳《ひとみ》を大河に向けて答える。門弟の多くは十五、六歳だった。年齢的には大河とさほど変わらないが、剣術となるとよちよち歩きの赤ん坊みたいなものだった。

大河は竹熊道場での出稽古を終えると、そのまま鍛冶橋道場に足を向けた。昼が近いので、途中の一膳飯屋《いちぜんめしや》で腹拵《はらごしら》えをする。

飯は三杯、おかずは焼き魚と具だくさんの味噌汁《みそしる》だ。それに漬物がつく。相変わらずの大食漢だが、朝から晩まで体を動かしているので太ることはない。

腹を満たした大河は爪楊枝《つまようじ》を使いながら、つぎの対戦者である斎藤歓之助のことを考えるが、会ったことがないのでどういう技を駆使するのか知りたい。そのことを道三郎に頼んでいるが、ここしばらく道場に姿を見せていないので聞く機会がなかった。

（それにしても道三郎さんも……）

と、胸中でつぶやき、苦笑を浮かべる。

道三郎は言った。

「大河、斎藤歓之助に勝ったら、暮れの試合で門弟のてっぺんに立て」

暮れの試合とは、毎年恒例のお玉ヶ池と鍛冶橋道場の統合試合である。無論、大河は道三郎が言うように、玄武館一の剣士になりたい。それからまた新たな道を開こうと、ひそかに考えている。

道三郎は大河を師範代に据えたいと言っているが、大河はできることならその前に武者修行の旅に出たいと考えていた。だが、そのことはまだはっきり伝えていない。

とにかく、いまは斎藤歓之助を倒すことが、大河にとっての一大目標となっていた。

その日の午後、素振りから型稽古を繰り返し、柏尾馬之助を相手に掛かり稽古をして汗を流した。

大概の場合、馬之助が打ち立ち、大河が受け立ちである。この日もそうであった。

馬之助は若く入門も遅いが、素晴らしい上達ぶりで、定吉と重太郎が一目置くように、

（こやつ油断はできぬ）

と、大河も心ひそかに認めていた。それだけに稽古相手に選ぶことが多くなっていた。

大河が隙を見せると、馬之助はここぞとばかりに打ってくる。しかし、大河は返し技を使い、馬之助の竹刀を払い、力が弱いとすぐにいなす。

馬之助はそれを嫌がってつぎつぎと技を仕掛けてくる。小手面から、小手胴、突き面から下がりながらの横面などと巧みである。

大河は馬之助が相手だと稽古のし甲斐を感じる。また馬之助も好んで大河と稽古をしたがるので、ますます可愛がりたくなる。

一刻ほど激しい稽古《けいこ》をして汗をかいた大河は、馬之助と道場表で休んだ。お堀の向こうは大名屋敷地で、塀越しに紅葉した樹木が秋の日射しに輝いている。欅《けやき》や銀杏《いちょう》の高木がきれいに色づいている。紅葉した楓《かえで》や躑躅《つつじ》も町屋の塀越しに見え隠れしている。

「痺《しび》れるんです」

汗を拭《ふ》き終わった馬之助が、唐突に言って顔を向けてきた。

「痺れる？」

「はい、山本さんに面を打たれると、脳天が痺れます。手を打たれると腕も痺れます。どうして、そんなに強いんだろうと前から思っていました。他の人に打たれても、たいしたことはありませんが、山本さんの打突《だとつ》は激烈です。払われると竹刀といっしょに腕が流れ、体が泳ぎそうになります」

「さようか」

「ほんとうです。他の人も、山本さんに打たれると目眩《めまい》を起こすことがあると言っています」

「そんなに強く打ち込んでいるつもりはないのだがな」

「教えてください。どうしたら強い打ち込みができるかを。わたしも山本さんのように速くて強い打ち込みができるようになりたいんです」

馬之助は真剣な顔を向けてくる。

大河は大名屋敷地の向こうに見えるお城に視線を送った。あかるい日の光を照り返す角櫓《すみやぐら》の白壁が、近くの常緑樹や紅葉樹を背負って鮮やかに見える。

「素振りだな。それしかない。おれは小さい頃から重い木刀を振っていた。大人でも重いというほどの頑丈な木刀だった。そのおかげで自然に身についたのだろう。

「うむ、今日は少し遅くなった。稽古をつづけるなら、おれの相手をしてくれぬか」

「いえ、一休みしているところです。これからですか」

ふいの声に大河が顔を向けると、栂野貫太郎だった。

「おや、もう稽古を終えたのか？」

だろうと思った。

馬之助は意志の固い目をして答えた。おそらく大目録皆伝は手の届くところにあるはずだ。大河はこの素直さが、上達を早めているの
「明日《あした》からやることにします」

「それに尽きる。根気よく長くつづけることだ」

「とにかく素振りということですか」

「そうだ。嘘だと思うなら、おまえもやってみることだ。そのうちわかるだろう」

馬之助は目をぱちくりさせる。

「ただ、それだけで……」

振る。軽いものは速く振れる。それを繰り返すと、体が速く動くようになる」

「重いもので素振りすれば、足腰が鍛えられる。速い打ち込みは、逆に軽いものを
「速くて激しく強い打ち込みを覚えたいんです」

だが、それだけでは速い打ち込みはできん」

栂野は気さくな笑みを浮かべて大河に誘いをかけた。

「喜んでお相手させていただきます」

大河は床几《しょうぎ》から立ち上がった。

五

栂野が地稽古を望んだので、大河は受けることにした。馬之助との稽古でいささか疲れてはいたが、栂野は重太郎の代稽古《だいげいこ》を務められるし、大河より腕は上だ。しかし、いまはどうかわからない。

栂野との試合形式の地稽古で、大河は自分の腕を試してみたかった。

先に支度を調えた大河は、稽古中の門弟の邪魔にならないように道場の端で待った。栂野が面を被《かぶ》って、大河のそばにやってきて、ではやるかと竹刀を青眼に構えた。

「よろしくお願いします」

大河は一礼すると、さっと竹刀を前に出す。

互いに青眼の構え、竹刀の切っ先は鶺鴒《せきれい》の動き。先に栂野が詰めてきた。すっと切っ先を持ち上げたと思ったら、いきなり突きから面打ち、下がって胴を抜くという荒技でかかってきた。

大河は右にいなし、素速く小手を狙うが、栂野は器用に鍔元《つば》で受けて押し返す。普段は接しやすい笑みを浮かべているが、面のなかの栂野の双眸《そうぼう》は相手を射殺すように鋭い。

「おりゃあー！」

間合いを取ったところで、大河は腹の底から声を絞り出した。

「おーッ！」

栂野も気合いを返して詰めてくる。積極的だ。打たれても勝敗を決めるわけではない。一本取られたら、取られたでよい稽古だ。

すすっと栂野の足が動き、即座に竹刀が伸びてくる。右面左面、さらに突き。大河は払い、体をひねってかわすなり、栂野の竹刀を上から打ち落とし、胴を抜きに行った。

「あッ」

短い声を漏らしたのは、体が交差した瞬間、足を払われたからだ。大河の体が一瞬宙に浮き、均衡をなくす。

そこへ鋭い栂野の一撃が、右腕に打ち込まれた。これは決め技ではない。大河は素速く下がり、攻撃に転じる。胴を抜くと見せかけ、突きを送り込んで小手を打ちに行く。

栂野は体をさっと右に開いてかわすなり、大河の横面を打ちに来た。うまくかわしたが、またもや右腕に打ち込まれた。

ビシッと、胴着の上から肉をたたく音がする。痛みはさほど感じないが、同じ右腕を打たれつづければ、力が入らなくなる。

大河は用心をして前に出て行く。栂野は自分の間合いに入るなり、小手から面を打ちに来た。大河は左へ払い、面打ちを下から撥《は》ね上げるなり、胴を打った。これは決まった。

きれいな一本だ。大河は少し下がって間合いを取り、呼吸の乱れを整えようとするが、栂野は休まず詰めて、打ち込んでくる。だが、その出端《でばな》を狙っての大河の小手がまたもや決まった。

栂野はそのまま下がって、すぐ前に出てる。燃えるような目を光らせ、「おーッ！」と気合い一閃《いっせん》、正面から面を打ち込んでくる。大河は受けて下がりながらいなした。

ビシッ！

鋭い音がひびいた。同時に大河は左太股《ふともも》に衝撃を受けた。痛みを堪《こら》えて、右にまわると栂野が追い込んできて面を打ちに来た。

大河は腰を落としながら、右足を前に送り込み胴を抜く。抜けなかった。栂野が間合いを外したのだ。直後またもや右腕に衝撃。

これで同じところを三回打たれた。腕に痺れるような痛みが残っている。歯を食いしばって前に出るなり、突きから右面を打ちにいった。横に払われ、上段からの打ち込みを受けそうになった。体を左に倒しながらかわしたが、またもや右腕に衝撃。

「栂野さん」

大河は思わず声をかけた。

「なんだ」

「わざと外しているのですか？」

「馬鹿を言え。おまえの動きが速くて狙いが外れるだけだ。かかってこい」

「おりゃあーッ！」

正面からの面打ちである。大河の竹刀は目にも止まらぬ速さで、直線的に伸びる。実際は弧を描いているが、その弧は小さい。だからまっすぐ伸ばされているように見える。

北辰一刀流の極意「切り落とし」は、大きな動きをするが、大河の竹刀は最小限の動きで無駄が省かれている。格下の相手はこれをかわすことができないが、栂野は見切ってかわす。さすがだと、大河は感心する。しかし栂野は休む暇を与えずに仕掛けてくる。

互いに取ったり取られたりの稽古《けいこ》になったが、大河は自分の力量は栂野に劣っていないと感じた。

気がついたときには互いに息が上がり、稽古着は汗を吸って黒くなっていた。

「ここまでにしておこう」

栂野は荒い呼吸をしながら終了を告げた。大河も久しぶりの激しい稽古に大きく肩を動かしていた。

「なるほど。腕が上がっている」

互いに礼をしたあとで、栂野が感心したように言った。

「ありがとうございます。久しぶりによい汗をかかせていただきました」

大河は窓際に下がって面と籠手《こて》を取り、汗をぬぐい、呼吸を整えた。斎藤歓之助との試合前に、今日のような稽古を栂野と何度か繰り返したいと思った。

呼吸が落ち着いたところで、栂野がそばにやってきた。

「いい汗をかいた。どうだ、たまには一献付き合わぬか」

こういう申し出は初めてのことだ。

「わたしでよければ喜んで」

「宮本武蔵の話もその席でしてやろう」

大河はパッと目を輝かせた。

「お願いいたします」

「一度藩邸に戻り、着替えをしなければならぬ。南大工町《みなみだいく》に鈴白《すずしろ》という店がある。そこに六つ（午後六時）でどうだ」

「伺います」

大河が喜んで即答すると、栂野は口の端に微笑を浮かべた。

稽古を終えた栂野が藩邸の長屋に戻ると、それを待っていたように松尾新右衛門が訪ねてきた。ついいましがたまで台所にいたらしく、小袖《こそで》に襷掛《たすきが》けをしたままだった。

「仕事は終わったのか？」

「配膳《はいぜん》をしてきたばかりです」

藩邸の賄方は主君とその家族、そしてお留守居役や江戸家老ら重臣の食事の世話掛である。食材の仕入れから調理、そして配膳が主な役目だ。朝昼夜の三食の献立を考え、調理しなければならないのでなかなか忙しい。そのために二交替制となっていた。栂野はその日非番だった。

「山本には会えましたか？」

新右衛門は襷を外して聞いた。

「たまたま会うことができた。もっともあの男はよほどの用事がないかぎり、もっぱら道場にいるからめずらしいことではない。まあ、上がれ」

栂野は新右衛門を居間に上げ、火鉢のなかにある五徳に鉄瓶を置いた。

「それで、例の件は……」

新右衛門はいささかこわばった表情で訊《たず》ねる。

「昼間、山本の稽古相手をしてやった。おれはわざと狙いを外し、あやつの右腕を痛めつけた。怪我をさせたわけではないが、普段どおりに右腕は使えぬはずだ。それに今夜あやつと酒を飲む算段をした」

「酒を……」

新右衛門は狐目を細めた。

「さよう。酒を飲ませて酔わせてやろう。酔えば思いどおりの動きはできぬ。六つに南大工町の鈴白で会うことになっている。まあ、一刻ほど相手をして別れるつもりだ。おぬしは、その帰りを狙うのだ。その頃は闇も濃くなっているし、人目もないはずだ」

新右衛門はごくりと唾《つば》を呑《の》み込み、

「栂野さん、約束は守っていただけますね」

と、まっすぐ栂野を見てくる。

新右衛門は二年の定府を四年に延ばされていた。国許《くにもと》には許嫁《いいなずけ》があり、あと二年の江戸在府は新右衛門にとって酷なことだった。

「お留守居役にはおれから話す。口実はすでに考えてあるので心配はいらぬ」

「栂野さんだけが頼りなのです」

「まさか、おれが約束を違《たが》えるのではないかと疑っているのではなかろうな」

栂野は新右衛門を眺め、ゆっくりと火鉢の炭を足した。

「さようなことは決して。わたしは国許に帰していただければよいのです」

「おれにまかせておけ。とにかく今夜だ。しくじるな」

「首尾よくやります」

「殺すのではない。怪我を負わせるだけでよいのだ」

新右衛門はかたい表情のまま、小さくうなずいた。

そのとき、パチッと炭が爆《は》ぜた。

六

「そうせっつくことはなかろう。さあ、もう少し飲もうではないか」

大河はさっきから栂野の話を聞いていた。宮本武蔵についてである。

落ち合った鈴白という店は、小体な料理屋だった。

土間席と八畳ほどの入れ込みがあり、入れ込みは衝立《ついたて》で四つに仕切られていた。

隣の客の話は筒抜けだが、酒席なのでときどき笑い声が起きた。酔った客が料理を運ぶ女中をからかったりもしている。

「もう十分いただいています」

大河は遠慮するが、「さあ、もっとやろう」と、栂野は酌をしてくれる。

「恐縮です。それで、宮本武蔵が六十余度の試合をして、一度たりと負けなかったというのはほんとうでございますか？」

「さように言い伝えられておる。だが、武蔵殿が身罷《みまか》られてから二百年はたっているのだ。多少の尾鰭《おひれ》はついているであろう」

「尾鰭がついていたとしても、まったく嘘というわけではないでしょう」

「嘘だとすれば、とうの昔に化けの皮が剝《は》がされているに違いない。しかれど、そんなことはない。武蔵殿こそが一流の剣豪、剣聖だと奉られているのだ」

「どんな鍛錬をされたのか、そのことはご存じではありませんか？」

　大河は宮本武蔵について興味津々だった。十三歳で名のある武芸者を負かしたということ、六十度に及ぶ勝負に一度も負けなかったということにも驚くが、いかにしてそれだけ強くなれたのか、それを知りたかった。

「どんな稽古《けいこ》を積んだか、それは聞いておらぬ。されど、人並み以上の鍛錬をしたのは間違いないだろう。それに二刀を使うのは尋常なことではない」

　大河は箸《はし》を刀に見立てて腕を広げたが、右腕に小さな痛みが走り、思わず顔をしかめた。

「いかがした？」

「あ、いえ、ちょっと腕が疼《うず》いただけです」

　大河は左手で、右の二の腕を軽くさすった。

「まさか、今日わしと稽古したときに……狙いを外したからな」

栂野は心配そうな顔をした。

「たいしたことではありません。それで、武蔵殿の編み出した二天一《にてんいち》流を受け継いでいる人はいないのでしょうか？」

「いるとは聞いているが、果たしてどこの誰であるかはわからぬ。多くの弟子を抱えていたらしいが、いつしか二天一流は廃れている。何故そうなったのかはわからぬが、二刀を持っての剣術である。考えただけでも容易《たやす》くできることではない。まさか、二天一流を習おうと思っているのではなかろうな」

「いいえ、この目でどんな剣術なのか見てみたいと思ったのです」

「それはなかなかお目にかかれぬだろう。だが、ひょっとすると熊本に二天一流の遣い手がいるかもしれぬ」

「何故、熊本に……？」

大河は目をしばたたいて栂野を見た。

「武蔵殿は熊本で死んだのだ。晩年は熊本藩の世話を受けていたと聞いている。弟子も熊本に多くいたとも……」

栂野は〆鯖《しめさば》をつまんで言葉をついだ。

「しかし、熊本藩細川《ほそかわ》家で二天一流を習っているという者に会ったことがない」

玄武館には細川家の家臣の顔も何人かある。栂野はそのことを言っているのだ。

「それからかつての四天王だった稲垣定之助さんも、二天一流ではない。千葉大先生の北辰一刀流を習われておる」

稲垣定之助は肥後《ひご》熊本の出身だった。

「そうでしたね」

「まあ、今夜はこの辺にしておこうではないか。いずれ新たなことを聞くことがあったら、またそのときに話してやろう」

「よろしくお願いいたします」

「それにしてもおぬし、なかなかいける口だな。かなり飲んでおるのに、顔色ひとつ変わらぬ」

「いえ、だいぶ酔っています。栂野さんの話が面白いので、つい過ごしています」

言葉どおり大河は、いい心持ちだった。先ほど厠《かわや》に立ったが、敷居に足をかけ転びそうになった。

「では、もう一合だけ飲んでお開きとするか」

もう結構と断ろうとしたが、栂野は手をたたいて女中を呼び、酒を追加した。そ

の酒が届くと、

「ところで、近々練兵館の斎藤歓之助殿と試合をするそうだが、いつやるのか決まったのか？」

と、栂野が聞いてきた。

「まだはっきりした日取りは決まっていません」

「道三郎さんは、おぬしにご執心であるな」

栂野は揶揄《やゆ》するような笑みを浮かべて酒を飲んだ。

「いろいろと面倒を見てくださり、恩義を感じています」

「奇特なやつだ。おれなんぞ、そんな話は一度もないからな。羨《うらや》ましいかぎりだ」

そう言った栂野の目に敵意がのぞいたように見えた。もしや、おれのことを少なからず妬《ねた》んでいるのではないかと思ったが、酔った頭では深く考えることはできなかった。

「勝てる見込みはあるか？」

「さあ、それはやってみなければわかりません。しかし、負けるつもりはありません」

「頼もしいことよ。勝てば、おぬしは名を上げることになる」

「そうなるでしょうか……」

大河が謙遜《けんそん》すると、栂野は笑みを消してにらむように見てきた。

「相手は練兵館当主の倅《せがれ》、しかも大村藩に百石で召し抱えられている。百石は格別の扱いだ。それだけの腕があるからであろう。心してかからなければな」

「はい、ありがとう存じます」

「うむ。さあて、そろそろ引き上げるとするか、明日もあるのにちと過ぎたようだ」

栂野はそう言って杯《さかずき》を伏せ、店の者に勘定だと声をかけた。

七

大河は栂野が立ち寄るところがあると言うので店の表で別れ、そのまま家路についた。夜はすっかり更けている。およそ一刻ほど栂野の話を聞きながらの酒席だったが、勧められるまま飲んだのでいい気分であった。

お堀沿いの道には寒風が吹いていたが、酒で火照った肌には心地よかった。ところどころにある居酒屋や料理屋のあかりが、河岸道に縞《しま》を作っている。夜空には細い月が浮かんでいた。

大河は歩きながら栂野から聞いた宮本武蔵のことを考えた。十三歳で名のある剣士を負かし、その後、六十余度の試合をして一度も負けなかった。しかも、三十にもならぬ年齢でやってのけている。印象に残ったのが、巌流島《がんりゅうじま》での佐々木小次郎との決闘であった。

武蔵は刀を使わず、舟の櫂《かい》で勝ったという。その話を聞いたとき、勝負はなにも刀を使う必要はないのだと知った。

さらに京都の吉岡道場一門との戦いでは、たった一人で弓や槍《やり》を持った二百数十人を相手に勝利したらしい。その話を聞いたとき、ほんとうだろうかと眉宇《びう》をひそめたが、栂野は長く言い伝えられてきたことなので、嘘ではないだろうと言った。

話を聞いて知りたくなったのは、武蔵にどのような人が剣術を教えたのかということだった。栂野は無二斎《むにさい》という父親だと言った。そうであれば、父無二斎はかなりの兵法者であったはずだ。そして、武蔵が父親の薫陶を受けたのは、物心ついた頃だとしても不思議ではない。

そして、もうひとつ知りたくなったのは、武蔵の鍛錬方法である。どんな稽古をして腕を磨いたのかということだ。しかし、栂野は知らなかった。

大河は歩きながら何度か大きく息を吐いた。酒臭い呼気が風に流されるのがわかる。いつになく飲み過ぎたせいで、喉《のど》の渇きを覚えていた。長屋に帰ったらまずは水を飲もうと思う。

宮本武蔵ほどの強い剣術家がこの世にいるのだろうか？　もしいれば会ってみたい。しかし、武蔵のように強い剣術家の話を聞いたことはない。

千葉周作大先生も若かりし頃は廻国《かいこく》修行で数多くの試合をされているが、負けることもあったと聞いている。定吉先生も然《しか》りである。

たった一人で二百数十人を相手に戦える剣術家も、おそらくこの世にはいまい。

大河はお堀端で立ち止まった。足がふらついたので片手を柳の幹についた。その瞬間、鈍い痛みを二の腕に感じた。鈴白に行くために着替えをしたとき、右二の腕を見たのだが、蚯蚓《みみず》のような青痣《あざ》が走っていた。その日栂野に打たれてできたというのはわかっていたが、そのことは口にしなかった。

岸辺で大きく息を吸い吐いた。酔っていると思った。いや、酔っているのだ。栂野は道場の兄弟子だから断れば失礼になると思い、勧められるまま飲んでしまった。

お堀はとろっと油を流したように黒々としている。その水面《みなも》が星と痩《や》せた月を映していた。どこからともなく犬の遠吠《とおぼ》えが聞こえてきた。

再び歩いて比丘尼《びくに》橋をわたり南紺屋《みなみこうや》町に入った。白魚《しらうお》河岸に面している居酒屋の戸が開き、ご機嫌な様子の客が出てきた。二人組である。店のなかに短く声をかけ、そのまま京橋《きょう》のほうへ歩き去った。

大河の長屋はもう目と鼻の先だった。ふうっと、臭い息を夜気に流したときだった。すぐ背後に人の気配を感じた。何気なく振り返ると、頭巾《ずきん》を被《かぶ》った一人の侍が近づいてくる。なにやら異様な気配を漂わせてもいる。

だが、大河は気にせず前を向いて歩いた。ところが、背後の侍が急接近してくるのがわかった。今度は警戒をして振り返った。そのとき侍の刀が鞘《さや》走った。

「あッ……」

大河は驚きの声を小さく漏らすなり横に動いた。だが酔っているせいで、よろけるように商家の軒下にある天水桶《てんすいおけ》に肩をぶつけて膝《ひざ》立ちの恰好《かっこう》になった。

頭巾の侍は間合いを詰めてくる。刀が上段に振り上げられた。

「なにやつ!」

大河は天水桶を押すようにして立ち上がると、相手の間合いを外すためににじり下がった。そのとき、天水桶に積んであった手桶が崩れ、ガラガラと大きな音を立てた。

同時に大河は刀の柄《つか》に手をやり、斬りかかってくる相手の刀を撥《は》ね返そうとした。だが、できなかった。直後、右腕のあたりに鋭い衝撃があった。

（斬られた）

だが、深傷《ふかで》ではないとわかった。

一瞬にして酔いが醒《さ》め、カッと頭に血が上った。

「きさま、なにやつ！」

言うなり刀を引き抜いたが、相手はすすっと後じさると、刀を鞘に納めそのまま逃げるように立ち去った。

大河はすぐさま追おうとしたが、数間も行かずに立ち止まった。斬りつけてきた侍は比丘尼橋を駆けわたり、闇のなかに溶け込むように見えなくなった。

「くそッ」

抜いた刀を鞘に納め、斬られたあたりに手をやった。腕から指に伝う生温《なまぬる》い血の感触。すでに袖《そで》のあたりが濡《ぬ》れているのがわかった。

「いかがされました？」

背後の商家の潜り戸から顔を出している男がいた。

「なんでもない」

大河は応じ返して、自宅長屋に急いだ。

第七章　鬼　歓

一

「お発《た》ちになりますか？」

小峰家の当主であり、左入村の名主小峰久次郎は、名残り惜しそうな顔を山南敬助に向けた。

「もう半月も世話になった。それに武者修行の身である。いつまでも留《とど》まってはおれぬのだ」

山南は振分荷物を取り、久次郎の倅《せがれ》軍司を見た。寂しそうな顔をしている。

「いずれまた会うこともあろう。達者でな。それから稽古《けいこ》を怠るな」

「はい」

軍司は返事をして口を引き結んだ。

「とにかく世話になった。あらためて礼を申す」

山南は久次郎に軽く会釈をして玄関を出た。久次郎と軍司がついてくる。門外に出たところで、山南はここでいいと、二人を制するように立ち止まり、

「これにて失礼する」

「山南様」

背を向けようとしたとき軍司が声をかけてきた。

「わたしも北辰一刀流を習います。そのうち江戸の千葉道場に行きます」

山南は目をみはって、本気かと聞いた。

「はい、力をつけるまでは松崎先生に教わりますが、いずれ江戸に行きます」

「おいおい、軽々しくそんなことを親父殿の前で言ってよいのか？」

「お気になさらずに。倅とはそんな話をしているんです。この子が行きたいというのであれば、わたしは拒みはしません」

久次郎は頓着《とんちゃく》しない顔で言う。

「軍司は跡取り息子ではないか。あきれたことよ」

山南は苦笑を浮かべて、目の前の親子を眺め、今度こそ歩き去った。

思いがけぬ長逗留《とうりゅう》となったが、ちょっとした路銀稼ぎになった。久次郎親子に請われ北辰一刀流のさわりを教えたのだが、指南料だと言って久次郎が金をくれたのだ。

飯を食わせてもらい、寝心地のよい部屋に泊まらせてもらったうえ、金を稼げた。それにしても久次郎は変わった男だ。村名主のくせに剣術に凝り、軍司とその弟にも剣術を勧め、屋敷の一角に道場まで建てていた。

長男の軍司が江戸に剣術修行に行くと言えば、行ってこいと言う。挙げ句、同心株を買って侍身分になりたいとも話した。それだけ裕福な村名主なのだが、屋敷地の広さにもあきれた。屋敷の境界というのはないが、軍司に案内されて野路を歩くと、ここもうちの屋敷内だと言う。あの林の先までそうだと言って教えた。その林まで三町はありそうなのだ。

いったいいかほど広いのだと問うと、おそらく五町四方はあるでしょうとにべもなく答えた。その屋敷内には小川も流れていた。

在方の分限者なのだ。しかし、当主の久次郎は名主という身の上に未練がなかった。そんな男だから倅の軍司も、親の跡を継ぐ気はさらさらなかった。

「面白い親子だった」

山南は野路を辿《たど》りながら苦笑した。

周囲の野山は秋の深まりを見せていた。紅葉した山には燃え立つような赤い色があり、黄色く色づいた木々の葉がある。それらが色を変えない緑のなかに浮き上がっている。野に目を転じれば、銀色に輝くススキが日の光を照り返しながら揺れている。

山南は甲州道中に出ると、西に向かわず東に足を向けた。当初の予定は、八王子から甲斐信濃《かいしなの》をまわり、途中で中山道に出て京を目ざす予定だった。

だが、日野宿に天然理心流の出稽古《でげいこ》場があり、そこに稽古をつけに来る嶋崎勇がいると聞いた。幾人かの話によると嶋崎は、日野はもとより八王子や府中界隈《かいわい》の誰よりも強いという噂であった。

松崎和多五郎に勝った山南は、その噂を聞くや、もう他の者たちには目もくれず、是が非でも嶋崎勇と立ち合いたいと思っていた。そして、その嶋崎が日野に来ているという話を聞いたばかりだった。

八王子から日野までは一里二十七町である。久次郎の家をゆっくり出てきたので、昼前には日野に入ることができた。

宿場内にある茶屋に立ち寄って一休みし、

「つかぬことを訊《たず》ねるが、佐藤彦五郎という名主がいると思うが、家がどこにあるかわからぬか？」

と、店の者に訊ねると、

「名主の家でしたらすぐこの先ですよ」

と、親切に教えてくれる。

「嶋崎勇という者が出稽古に来ているらしいな」

山南が言葉を足すと、女将《おかみ》と思われる店の女は、

「ええ、名主さんの家に道場があるんです。そこで稽古をつけられていますよ。昨日も見かけましたからね」

と、目尻《めじり》のしわを深くした。

山南は茶を飲むと、早速佐藤家を訪ねた。その家は往還から少し南へ入った百姓地の近くにあったが、名主らしい立派な門構えである。

「どんなご用でしょう？」

玄関で訪《おとな》いの声をかけ、出てきた下男らしき者に名乗ると、問い返された。

「わたしは江戸にある玄武館の門弟で山南敬助と申す。当家へ試衛館の嶋崎勇殿が出稽古に見えていると聞いた」

「へえ、おいでです」

「その嶋崎殿と立ち合いを願いたくまいった次第だ。取り次いでくれ」

下男は旅装束の山南をあらためて見てから奥に引っ込み、すぐに戻ってきた。

「嶋崎様はお食事中です。案内いたしますので、裏の道場でお待ちくださいますか」

山南は下男について行き、屋敷裏にある道場に通された。

母屋から少し離れて建てられた道場は、なかなか立派な造りだった。四間四方の板張りで、正面には見所もあり、清掃も行き届いていた。門弟の姿はなかったが、母屋のほうからいくつかの話し声や笑い声が聞こえてきた。

（いったいどんな男だろう）

道場の玄関に近い場所に座って待つ山南は心中でつぶやき、格子窓にのぞく表を眺めた。熟柿《じゅくし》をついばみに来ている数羽の目白が、ときどき清らかな声でさえずった。

嶋崎が噂どおりの男なら楽しみである。噂どおりでなければ、予定どおり西を目指し、まずは甲斐に入る。

小半刻ほどすると、庭からいくつかの声が聞こえ、下駄《げた》音が近づいてきた。

山南は相手に侮られてはならぬので、背筋を伸ばし威儀を正した。

すぐに道場玄関に下駄音がひびき、一人の男が入ってきた。

二

浅黒い顔に総髪でうっすらと無精髭《ぶしょうひげ》を生やした、体のがっちりした男だった。

「玄武館の山南殿ですか？」

眼光鋭く言った割りには、その場に腰を下ろして手をついた。

「いかにも山南敬助と申します」

「嶋崎勇です。わざわざ足をお運びいただきご苦労様でございます」

なんとなく威圧感のある男だが、嶋崎は礼儀正しい。

「わたしと立ち合ってみたいと聞きましたが……」

「いかにも。わたしは廻国《かいこく》修行の途中で、しばらく八王子に留まっていましたが、嶋崎殿の噂を聞き、これは是非にも一度と思い訪ねてまいった次第です」

「どんな噂か知りませんが、玄武館も試衛館も同じ江戸。なにもこの道場で立ち合わずとも、もっと早くにできたのではありませんか」

嶋崎はまっすぐ山南を見て言う。肩幅が広く、そして口が大きい。年はおそらく同じぐらいであろう。

山南は嶋崎のことを八王子に来るまで知らなかった。そのことを口にしようかと迷ったが、皮肉な物言いになるかもしれぬと思い黙っていた。それに、嶋崎も山南のことを知らないようだ。

「武者修行の旅が終わってから、嶋崎殿を訪ねてもよいと思いもしましたが、近くに見えていると聞けば、じっとしておれなくなったのです」

「免許を……」

嶋崎は野太い声で聞く。やはり、嶋崎は山南が玄武館千葉道場の高弟だというのを知らないようだ。

「大目録皆伝をいただいて久しいです」

嶋崎の太眉《まゆ》がひくっと動いた。北辰一刀流は「初目録」「中目録免許」「大目録皆伝」と簡素化されている。

「では、かなり腕達者でございますな」

「立ち合いお願いできますか？」

山南が請うと、嶋崎は近くに控える男たちを眺めた。そこには六人の男たちが控えていた。いずれも険しい表情で、山南を値踏みするように見ていた。

「わざわざ出向いてこられたのだ。断ることはなかろう」

少し年嵩《としかさ》の男が口を開いた。嶋崎はその男にうむとうなずき、山南に顔を戻した。

「では、支度をしましょう。防具はお持ちでないようだから……」

嶋崎はそう言って、仲間か門弟かわからぬ男に防具を持ってくるように命じた。

山南は防具を借りると、ゆっくり身につけていった。その間、嶋崎の様子を盗むように見たが、まったく余裕の体である。

（いかほどの腕があるのかわからぬが、一泡吹かせてくれよう）

山南は内心に言い聞かせ、支度を終えると道場中央に進み出た。

「わたしが見立て役をやりましょう」

そう言って出てきたのは、中肉中背の利発そうな顔をしている男だった。

「小島鹿之助《こじましかのすけ》殿です。小野路《おのじ》村の人です」

嶋崎が立ち上がって検分役の小島のことを紹介した。山南はよろしく頼むと挨拶《あいさつ》をして、嶋崎と向かい合った。

「何番所望されます？」

「三番でいかがでしょう」

山南が答えると、嶋崎は心得たとうなずき、立ち合いの位置についた。正式な試合ではないので、作法は抜きである。

互いに礼をすると、さっと竹刀を構えた。

「どりゃあー！　どりゃあー！」

いきなり嶋崎が胴間声を張った。道場に響きわたる大音声だった。この気合いに山南は心ならずも驚き、気合いを発せなかった。

黙したまま間合いを一間詰めたところで、やっと、「おりゃあ！」と声を張ったがあきらかに気合い負けをしていた。

だが、気合いがなんだと、山南は前に出ながら嶋崎の隙を窺《うかが》う。嶋崎もゆっくり詰めてくる。腰の据わったしっかりした構えだ。

「やーッ！」

気合い一閃《いっせん》、山南は先に仕掛けていった。右足を踏み込むなり、小手から面、そして胴打ちから突きという連続技だった。だが、嶋崎は器用に間合いを外し、ことごとく山南の竹刀を打ち払ってかわした。

山南は休まずに前に出た。嶋崎がどっしり構えている。隙は見えないが、山南は仕掛けて揺さぶる作戦に出る。トンと床を蹴《け》り突きを送り込むように牽制《けんせい》する。

さっと竹刀を引くなり、面を打ちにいった。その瞬間、嶋崎の竹刀が素速く動いた。頭を右に倒しながら、山南の小手を打ったのだ。

「どりゃー！」

気合いを発しながら嶋崎は下がった。

検分役を務める小島の手がさっと上がり、「一本」と告げた。嶋崎は出端《でばな》を狙って山南の小手を見事に打ったのだ。

山南は奥歯を嚙《か》み二本目の試合に入った。

「やや、やーっ！」

先に気合いを発して前に出て行く。今度は嶋崎が率先して出てきた。竹刀を中段から上段に移したと思ったら、そのまま踏み込んできた。山南は一度受けて、返し技を使おうとしたが、できなかった。

「どりゃー！」

嶋崎の気合いと同時に、山南の胴が抜かれていた。バシッと防具をたたく鋭い音と、嶋崎が床を踏む音が重なった。

「それまでッ！」

小島の手が嶋崎のほうに上げられた。

また取られた。山南は衝撃を受けた。武者修行の旅に出て、つづけざまに勝ちを逃したことはない。

だが、二番負けた。残るは一番だが、これも取られては、北辰一刀流の名折れ、玄武館の名が廃ると、臍下《せいか》に力を入れて最後の一番に臨んだ。

だが、今度は前に出たところで鋭い突きを受けて、どおと後ろに倒れ尻餅《しりもち》をついた。勢い余って面が斜めに曲がり脱げそうになっていた。

「それまでッ！」

小島はまたもや嶋崎の勝ちを認めた。山南は完敗だった。

気負い込んで乗り込んできたが、これでは尻尾《しっぽ》を巻いて逃げる犬みたいなものだ。

苦渋の顔をして防具を脱ぎ、竹刀を納めると、

「まいりました」

と、深々と嶋崎に頭を下げた。悔しくてならず、負けたおのれが情けなかった。

「山南さん、せっかくお近づきになったのですから、少しゆっくりしていかれませんか」

嶋崎がさっきの迫力には似つかわしくない穏やかな顔で声をかけてきた。その顔には人を包み込むような笑みが浮かんでいた。

「わたしは山南さんともっと親しくなりたいのです」

山南は目をしばたたいた。負けた自分に対して言う言葉ではない。だが、嶋崎は平然とした顔であるし、驕《おご》りも感じられない。

「では、お言葉に甘えさせていただきます」

じつはこれがのちの新撰組局長になる嶋崎勇こと近藤勇と、新撰組総長になる山南敬助の出会いであった。

三

嶋崎は日が暮れかかった頃に、佐藤彦五郎宅の座敷に宴席を設けた。深まった秋の暮れなので風が冷たい。座敷の火鉢には炭が入れられ、燭台《しょくだい》と行灯《あんどん》が点《とも》された。

「どうぞ、ご遠慮なく」

酒肴《しゅこう》が調うと、彦五郎が誰にともなく勧めた。

「では、山南さんひとつまいりましょう」

嶋崎が酌をしようとしたが、山南は片手で制して、

「わたしがお注ぎしなければ、無礼にあたります。わたしが……」

と、強引に嶋崎に酌をしてやった。負けたという負い目が勝っているので厚かましくできない。

「勝太《しょうた》、おれは先に帰る。ゆっくりしていってくれ」

同じ席にいた男が嶋崎を見て言った。

「気をつけて帰れ。明日も来るのか？」

嶋崎は言葉を返した。男は仕事次第だと言った。

嶋崎を「勝太」と呼び捨てたので、山南はどういう間柄なのだろうかと思った。

その男は、みんなに会釈をして座敷を出て行った。

同席しているのは山南と嶋崎の他に、屋敷の主である佐藤彦五郎、立ち合いの検分役を務めた小島鹿之助、寺尾安次郎《てらおやすじろう》という男、合わせて五人だった。

寺尾安次郎はいかにも侍といった男で、所作も言葉遣いも堂に入っていた。案の定田安《たやす》家の家臣で、試衛館の門人だった。

嶋崎は侍然とはしているが、どこか垢抜《あかぬ》けないところがあった。それでも風格の面で言えば、その場にいる誰より押し出しの利く雰囲気を持ち合わせていた。

「いまのは……？」

山南は酒に口をつけてから嶋崎に聞いた。

「わたしの兄です。勝太と言うのはわたしの前の名前です」

嶋崎はそう言ったあとで、

「わたしは上石原《かみいしはら》（現・調布市《ちょうふ》）の百姓の生まれです。上に二人の兄がいまして、わたしは嶋崎家に養子に入ったのです。嶋崎家というのは試衛館の当主近藤周助先生の実家の姓です。ややこしいかもしれませんが、まあわたしは百姓の倅《せがれ》です」

嶋崎は自嘲《じちょう》の笑みを浮かべて酒に口をつけた。

「山南さんはどちらの出なんでございましょう？」

聞いてきたのは寺尾安次郎だった。月代《さかやき》をきれいに剃《そ》り、髷《まげ》にも鬢《びん》にも櫛《くし》が通っている。座る佇《たたず》まいはいかにも武士らしい。

「話せば長くなりますが、わたしは脱藩浪人です」

全員の目が山南に注がれた。

「仙台《せんだい》藩伊達《だて》家に仕えていましたが、わけあって国を飛び出したのです」

「ほう、それはまた豪気なことを」

感心したように言うのは嶋崎だった。他の者たちは少し蔑《さげす》む顔をしたが、なんの気にも留めずに言葉をつぐ。

「山南さんにはそれなりに事情がおありだったのでしょう。人間誰しも苦労はつきもの。また、滅多に人には言えぬことをさらりとおっしゃるお人柄は大したものです。わたしなんぞ百姓の出ですから、お恥ずかしいかぎりです」

嶋崎は大きな口を開けて、ウハハハと笑い飛ばした。そのことで、気恥ずかしく、負い目を感じていた山南の緊張がやわらいだ。他の者たちも深く詮索《せんさく》してこなかった。

「どうぞ召し上がってください」

料理に箸《はし》をつけない山南に彦五郎が勧める。このなかでは一番の年嵩《としかさ》だった。痩《や》せた体に、少し顴骨《かんこつ》の張った細面だった。

「では、遠慮なく」

山南は蕪《かぶ》の浅漬けに箸を伸ばした。他には南瓜《カボチャ》の煮付け、牛蒡《ごぼう》の酢漬け、衣《きぬ》かつぎ、鯉の刺身と小鮒《こぶな》の煮付けなどがあった。

「山南さんは武者修行の旅ののちはやはり玄武館に戻られるのでしょうか」

嶋崎が聞いてくる。黙っていれば威圧感のある男だが、やわらかな接し方には好感が持てるし、嫌みがない。

「そのつもりです」

と、答えはしたが、気持ちが揺らいでいた。試衛館の師範代に完敗したのだ。

「いずれは道場でもお開きになるのでしょうか？」

「以前はさようなことを考えていましたが、向後《こうご》のことはわかりません」

「人生は長いようで短いと申します。自分の将来もどう動くかわかりません。黒船の騒ぎで、お上もどうなるかわからぬ世の中になっています。かく言うわたしは、世の中がどうなろうと、侍にはなりたいと思っています。百姓の三男ですから、侍身分になるのはちょっとした出世です」

嶋崎はうまそうに酒を飲む。

「わたしなんぞ、侍には未練はございませんよ」

寺尾安次郎だった。すぐに嶋崎は言葉を重ねた。

「それはいかぬ。せっかくお武家の家に生まれたのだ。家柄は大事にしなければならぬ。そうではありませんか。そうは言っても、いずれは侍も百姓も町人もない世の中が望ましいと思うのではありますが、わたしはさもしい男だからお武家の子に生まれたかったと昔から思っていました」

「嶋崎さんはもう立派なお武家ですよ。いずれは試衛館の跡取りになるんですから」

佐藤彦五郎が言った。

「まあそれは先のこと。先生にはよくしてもらっていますが、どうなるかわかりません」

「いや、嶋崎さんのことを先生は頼りにされています。いずれ試衛館を継ぐのは嶋崎さんだと誰もが思っています」

寺尾であった。あまり酒に強くないのか、顔が赤くなっていた。彼らが先生と言うのは試衛館の当主近藤周助のことである。

「買い被《かぶ》りだ。もっともそう言われて悪い気はせぬから、ますます腕を磨かなければならん。しかし、荷が重いなァ」

嶋崎は嬉《うれ》しそうな笑みを浮かべて酒を飲む。

そんなやり取りを身近で聞いている山南は、どうして昼間の立ち合いのことを話題にしないのだろうかと訝《いぶか》しんだ。自分が弱すぎたのか、嶋崎に負けた男には興味がないのか。だったらなぜこういう宴席を設けて接待をするのか。

その場で一人取り残されたように座っている山南は、俗世のことを話しはじめた嶋崎らの顔をぼんやり眺めた。一人ひとりの顔が燭台の炎を受けて揺らめいている。

「山南さんはどう思われる？」

ぼんやりしていた山南は、嶋崎に声をかけられてハッと我に返った。

「どう思われると聞かれましても……」

しっかり話を聞いていなかったので、答えようがない。

「このような田舎にいては天下のことは語れないでしょう。やはり、江戸にいてお上の動きを肌で感じるしかないと思うのです」

そういうことかと、山南は安堵《あんど》し、

「おっしゃるとおりでしょう。たしかに在方にいると、世間に遅れるということを、修行の旅で思い知りました」

「ならば、どうです。わたしといっしょに江戸に戻りませんか」

嶋崎が目尻《めじり》にしわを寄せて見てくる。なぜ、そんなことを言うのだと山南は信じられない思いだった。自分は立ち合いに負けた無様な男である。

「お言葉ながらわたしは、嶋崎殿にすっかり負けた男です」

「それがなんです。わたしはたまたま勝たせてもらっただけです。もう一度やったら負けそうな気がする。山南さんは他の者たちの手前、わたしに花を持たせてくださいました」

「それは……」

「いやいや、ご謙遜《けんそん》は無用。山南さんが手練《てだ》れであるのはよくわかりました」

なんということだ。この男は少しも驕《おご》らず、負けた相手を包み込むように立ててくれる。普通なら勝った者は、負けた相手のことなど鼻にもかけない。しかし、嶋崎は違った。こんな男に会ったのは初めてだ。

「嶋崎さん」

山南は嶋崎をまっすぐ見た。惚《ほ》れたと思った。男が男に惚れるというのがわかった。

「なんでしょう？」

「ついていきます。嶋崎さんと江戸に戻ります」

四

「いかがされました？　山本さん、なんだかおかしいですよ」

竹刀を引いて怪訝《けげん》そうな顔をするのは、柏尾馬之助だった。

「なんでもない。気にするな」

「しかし……」

馬之助はあどけなさを残したにきび面をかしげた。

「少し休もう」

大河はそう言って窓際へ行き、腰を下ろした。受け立ちになって馬之助の打ち込み稽古《けいこ》の相手をしていたのだが、闇討ちをかけられ斬られた右腕の傷がまだ癒えていなかった。ときどき、ズキンと肩や手首に鋭い痛みが走るときがある。じっとしていればなんともないが、やはり打ち込まれてくる竹刀を受けたり、払ったり打ち落とす段になると、その衝撃が傷にひびくのだ。

だが、闇討ちの一件は誰にも言っていなかった。いったい誰の仕業だったのか、あれこれ考え、暗闇のなかで襲ってきた男の背恰好《せかっこう》を思い出すが、まったく見当がつかない。

襲われ損、斬られ損……。悔しくてならないが、日がたつにつれ相手への憤怒《ふんぬ》は小さくなっていた。

相手を選ばない辻《つじ》斬りだったのかもしれないと、考えたりするからだ。もちろん襲った犯人がわかれば黙ってはいないが、捜しようがない。結句、泣き寝入りの恰好で、稽古もしばらく休んでいた。

そして、久しぶりに道場に来て馬之助の相手をしたのだが、思うように腕を動かせないというのを自覚した。

大河は窓際に座ったまま他の門弟たちの稽古ぶりを眺めた。しばらく道場から離れていた鳥取藩や土佐藩をはじめとした諸藩の子弟の数が増えていた。黒船来航以来、海岸警固についていた人数が減らされているからだった。

「しばらく休んでいたな」

ふいの声に顔を上げると、桐野貫太郎だった。

「いろいろと手の放せぬ用がありまして……」

大河はそう答えた。

「出稽古《でげいこ》をしているらしいから、そっちのほうが忙しいのだろう」

「まあ」

「おぬしはおれと違い扶持《ふち》取りではないからしかたあるまい。されど、その分自由が利く。どっちがいいかわからぬが、おれはおまえが羨《うらや》ましい」

桐野は片頰に笑みを浮かべた。羨ましいと、何度も言われる大河はこのとき、「もしや」と思った。

徳次は桐野が不穏な話をしていたと忠告している。そのことはあまり気にしていなかったが、いまになって不審感が募ってきた。

「ともあれ体が資本だ。無理はせぬことだ」

桐野はそんなことを言って、数間先へ行ってゆっくり素振りをはじめた。大河は栂野の牛のように頑丈そうな後ろ姿を眺めた。

（無理はせぬことだ、とはどういうことだ？）

大河は栂野の背中を見ながら胸中でつぶやいた。

栂野はあの晩、自分を襲ってきた男とは似ても似つかぬ体つきだ。しかし、あの晩、栂野は宮本武蔵の話をしてやると言って酒に誘い、そして飲め飲めと勧めた。おかげで大河はいつになく酔ってしまった。

（そうだ）

大河は栂野と飲んだ夜のことを回想した。鈴白という店で飲んだあと、栂野は立ち寄るところがあると言って、大河とは別の方角に歩き去った。自分はそのまま自宅長屋に向かったのだが、襲われたのはその途中だった。

もし、栂野の指図で動いた男に襲われたのなら……。

大河は考えてはいけないと思いつつも勝手に推量した。それに徳次の忠告とも取れる話の断片が甦《よみがえ》る。

——山本はいけ好かぬとか、お玉ヶ池の道三郎様に胡麻《ごま》をすっている節がある。

——出る杭《くい》は早めにたたいておくべきだ。

徳次は栂野がそんなことを言っていたと話した。

そのとき、栂野には連れがあったらしいが、徳次は栂野と同じ藩邸の者か道場の門弟なのかわからないと言った。

大河は栂野から視線をそらし、熱心に稽古をしている門弟や、窓際に座って汗を拭《ふ》いている者たちに目を向けた。襲ってきた男に似た門弟は何人かいる。相手は頭巾《ずきん》を被っていたので顔も見ていない。痩《や》せ型《がた》の男だ。しかし、それ以上のことはなにもわからない。

栂野に視線を戻すと、格下の門弟を相手に打ち込み稽古をはじめていた。

そうだ、あの日、栂野と地稽古をしたが、腕を必要以上に打たれた。栂野は狙いが外れたと言ったが、もし故意であったなら、あの晩自分に斬りつけてきた者が襲いやすくするためだったのではないか。それに、栂野は遠慮する大河に執拗《しつよう》に酒を勧めた。酔えば体の動きは鈍くなる。

（まさか）

大河は顔をこわばらせ、まばたきもせずに稽古中の栂野を凝視した。

何者かに襲われ、腕を斬られたと言って、栂野に傷を見せたらどうなるだろうか？

疑惑の目を栂野に注ぎつづけていると、近くで自分を呼ぶ声が聞こえた。さっとそっちに顔を向けると、道三郎だった。

「なにをぼんやりしておる」

「ちょっと考え事をしていたのです」

「考え事か。まあ、考えなければならぬことは、おれにも山ほどある」

道三郎はそう言って、大河の横にどっかりと腰を下ろした。

「四、五日、道場に来ていなかったらしいな」

道三郎は口の端に小さな笑みを浮かべて見てくる。

「出稽古がありましたので……」

「そういうことか。ま、出稽古はしかたないだろうが、自分の稽古はしているのだろうな」

「もちろんです」

嘘であった。ずっと腕の傷を癒やすために、長屋と近所しか出歩いていない。家にいるときには、左手一本で木刀を振っているだけだった。

「なんだかおれやおまえのことをやっかんでいる門弟がいるらしい。誰とは言わぬが、そんな話が聞こえてきた。まあ、言われてもしかたなかろうが、言いたいやつには言わせておけばいい」

「いったい誰が……」

大河は真剣な目を道三郎に向けた。

「誰とは言わぬ。されど、気にすることはない。おまえは腕を上げつづければいいのだ。そうであろう。おまえは玄武館一の門弟になり、いずれは日本一の剣士になりたいという男だ。おれはその手伝いをする。文句を言うやつがいたら、はっきりそう言ってやる」

「……」

「大河、決めてきたぞ。斎藤歓之助殿との立ち合いは、十日後だ。試合は練兵館でやることになった。向こうの存意だが、文句はあるまい」

「望むところです」

「その試合が終わったら、暮れの合同試合で一番になれ」

暮れの試合はお玉ヶ池の道場と鍛冶橋道場の大試合である。

「そのために鍛錬をつづけてきたのです」

「そのための意気だ。楽しみにしている。細かいことがわかったら、また知らせる」

道三郎はぽんと大河の肩をたたいて立ち上がると、見所脇の出入口から出ていった。

それを見送った大河は道場に視線を戻した。

——言いたいやつには言わせておけばいい。

道三郎のその一言が耳朶《じだ》に残っていた。そうだ、疑心暗鬼になることはない。おれはおれの道を進むだけだ。

大河はくっと口を引き結び、傷を負っている右腕を左手でそっと押さえた。

五

九段坂上《くだんさかうえ》にある練兵館は百畳敷きの道場と三十畳敷きの寄宿舎を持つ。玄武館に負けずと劣らずの大道場である。

当主は斎藤弥九郎だが、いまは道場全般の指揮を執っているのは、長男の新太郎だった。しかし、新太郎は父弥九郎とともに、長州《ちょうしゅう》藩に招かれ江戸藩邸において剣術指南役に忙しく、道場経営と指導は三男の歓之助にまかされていた。

そうは言っても歓之助も大村藩に百石という厚遇で、馬廻役に召し抱えられている。よって道場の指導者が不在になることがある。

その穴埋めをするのが、大村藩士の荘勇雄《しょういさお》と長州からきた桂小五郎《かつらこごろう》だった。小五郎の入門は昨年であったが、幼い頃より国許《くにもと》で柳生神陰流《やぎゅうしんかげ》の内藤作兵衛《ないとうさくべえ》の指導を受けていたせいか上達が早くすでに免許皆伝を受けていた。

その日、斎藤歓之助が大村藩江戸藩邸から帰宅すると、道場で指導に励んでいた桂小五郎がやってきた。

「おう、ご苦労であるな」

歓之助は小五郎の顔を見ると、まあこれへと座敷にいざない、紋付きの羽織をぞんざいに脱ぐと、長火鉢の前にどっかりと腰を据えた。

「なにかあったか？」

歓之助は面立ちの整った小五郎を見る。

「此度《こたび》の試合の件です。玄武館の山本大河という門弟との立ち合いです」

「わかったか」

歓之助はあぐらを組み直して小五郎に体を向けた。

「玄武館で修行している大村藩の者がいますが、話を聞いてもあまり要領を得ません。それで長州から玄武館に入門している者がいると知り、早速会うことができました」

「さようか」

「玄武館はお玉ヶ池の道場と鍛冶橋の道場があるのはご存じでしょうが、山本大河は鍛冶橋の門弟でした」

「すると定吉さんの愛弟子《まなでし》か」

「定吉先生よりご長男の重太郎先生の指導を受けているようです。ところが、山本に力を入れているのは千葉周作大先生の三男道三郎様らしいです」

「たしかに、道三郎殿からの申し入れであったからな。だが、その山本は定吉先生の道場にいながら、道三郎殿の指導を受けているというのか？」

歓之助は小五郎の小顔を見る。障子越しの夕日が、小五郎の顔を朱く染めていた。

「わたしもよく要領がわからぬのですが、とにかく道三郎様は鍛冶橋道場の山本大河を贔屓《ひいき》にされているようなのです。年が同じだから、気が合うのだろうという者もいました」

「いくつだ？」

「十九だと聞いています」

「すると、おれより二歳下か。ふむ……まあ、よかろう。それで他にわかったことは？」

「高柳又四郎さんを破り、千葉の小天狗《てんぐ》と呼ばれる栄次郎様を負かした石山孫六に勝っています」

歓之助は眉宇《びう》をひそめ、薄い唇を人差し指でなぞった。

「高柳さんは酒に溺《おぼ》れて昔の勢いはないと聞いているが、栄次郎さんを負かした石山に勝ったと……さようか、さすればそれなりの腕があるというわけであるな」

「打突《だとつ》の速さと力強さは、玄武館一だという噂です。ときに面をまともに食らえば、気を失う者がいて、突きをもらえばのけぞって数間先まで飛んでしまうという話です」

「ほう」

歓之助はキラッと目を光らせた。歓之助の突きは定評があるし、自分でも得意としている。しかし、相手を数間先まで飛ばすほどではない。おそらく話に尾鰭《おひれ》がついているのだろうと思った。

「先生、立ち合いを止めるわけではありませぬが、少しお考えになったらいかがです」

「なにィ」

歓之助は小五郎をにらんだ。

「いいえ、それは向後のことがあるから申すのです。先生は年が明けたら大村藩に出向かなければなりません。その前に怪我でもされたら大変です。大村のお殿様は、先生のために道場の支度までされていると聞きます。いまは大事なときです」

「小五郎、なにを尻込《しりご》みするようなことを言う。おれが怪我をするだと。ふん、まるでおれが負けるような言い草ではないか」

「決してさようなことを申しているのではありません」

「黙れッ。もういい」

歓之助はむんと不機嫌な顔になって黙り込んだ。小五郎は去ろうとしない。なにか他にもいいたげな体である。

「なんだ他になにかあるのか？」

「相手が若いからと言って見くびれば思わぬことが起きるやもしれません。たしかに先生は強い。おそらく勝つでしょうが、決して侮ってはならないと思うのです」

「おぬしに説教されるとは思わなんだ。さようか。小五郎、おぬしなぜ剣術を習うのだ？」

歓之助は冷ややかな目を向けた。それには蔑《さげす》みの色もあった。

「わたしは、医者の子に生まれました。その医者だった父に、武士になるには身を粉にして人一倍精進せよと教えられました」

「つまり武士になるために剣術を習った。そうであるな」

「さようなことになりましょう」

「この世の中、たしかに剣術は大事だ。名を上げれば、仕官ができる。大名家の指南役にもなれるし、道場を開いて一稼ぎもできよう。されど、誰にでもできることではない。たしかにおぬしは腕を上げた。荘勇雄のあとを継ぐ師範代はおぬしをおいて他にない。しかし、誰もがおれの父や兄のように、いや千葉周作先生のように大名家に呼ばれる者になれるわけではない。しかし、おれはなった。それも百石だ。百石で召し抱えられたのだ」

　大村藩の百石は高禄《こうろく》であった。上士の馬廻役でも五十石程度である。歓之助はその倍の禄を受けている。それはおのれの自慢であり、自負もしていた。

「おぬしが剣術の腕を上げるのも、さような目的があるからではないか」

「ないとは申しません」

「山本大河も同じであろう。やつは武士の子か？」

「村名主の子だと聞いています」

「ならば当然であろう。このおれを打ち負かして名を上げようという魂胆であろう。わかった。小五郎、もうよい。下がれ」

小五郎は丁重に両手をついて頭を下げると、そのまま座敷を出て行った。

歓之助はさっと身を翻すように、夕日を受けている障子に体を向け、

「ふん、村名主の子であったか……」

と、片頬に笑みを浮かべて独り言を口にした。

六

練兵館の斎藤歓之助との試合まであと二日となった。

大河はその間十分な稽古《けいこ》をできないままでいた。竹刀をいつもどおりに振ることはできるが、打撃が加わると腕に痺《しび》れが走る。下手をするとそのまま竹刀を落としそうになる。よって、打ち込み稽古や地稽古を避けていた。

主な稽古は素振りと型のみである。それから一人になると、左手一本で重い木刀を振りつづけた。合わせて片手打ちの稽古をしたが、そのときある閃《ひらめ》きがあった。

片手打ちは遠間でも相手の体に届かせることができるということだ。打突は弱くなるが、それでも大河の膂力《りょりょく》なら、普通の門弟が両手で打ち込む威力と変わらないはずだった。

（やれるかもしれない）

相手は練兵館当主斎藤弥九郎の三男。しかも、大村家に百石で抱えられている男である。片手打ちが通用するかどうか確信は持てないが、いざとなれば使うしかないと開き直っていた。

それから自分を襲った男のことだが、徳次がこっそり教えてくれた話をもとに栂野貫太郎を疑ってみたが、これだという証拠もなければ、遠回しなことを口にして反応を窺《うかが》ったが、栂野の表情は変わらなかった。

それなら、二日後に対戦する練兵館の門弟かもしれないと考えてみた。だが、大河は練兵館の門人を誰一人知らない。結局、自分を襲った男のことはわからずじまいであり、癪《しゃく》に障りはするがもう考えないことにした。

それより栂野が教えてくれた宮本武蔵だ。六十余度の試合をして、生涯一度も負けなかったという。

そして、武蔵と自分を比べてみる。大河は十三歳のとき、木刀を振りまわし、郷里の寺尾村で元川越藩士の原田《はらだ》岩太郎《いわたろう》に剣術を習いはじめたが、それは中途半端なものだった。

剣術らしいことを教わったのは、秋本佐蔵の内弟子になってからだ。そして玄武館に入り、技の習熟と錬磨に努めてきた。その間に幾度か試合をやったが、当初は負けてばかりだった。そんなことを考えると、比べるのが馬鹿馬鹿しくなった。

（武蔵とおれは違うのだ）

おれはおれだとおのれに言い聞かせると、宮本武蔵のことは忘れることにした。どうせ古《いにしえ》の武芸者である。おのれが相手をするのは、いま生きている練達の剣術家だ。

とにかくいま大河の頭にあるのは、斎藤歓之助との試合であった。相手は練兵館の手練《てだ》れである。どんな技を使うのかと道三郎に聞いたが、恐れることはない、普段どおりにやればいいと言われ、

「突きが得意だと聞いている」

と付け足した。道三郎の兄栄次郎は練兵館と他流試合をしているらしいが、歓之助との対戦はなかったという。それに道三郎はその試合を見ていなかった。

よって、相手がどんな技を使い、どんな動きをするのかまったく不明である。相手を研究することは大事なのだが、その手立てがない。さらに、大河は右腕を自由に使えない。

試合をする前から不利な状態にあるが、道三郎や他の門弟には一切悟られないよ

うに細心の注意を払い、型稽古と片手打ちの練度を上げることに集中した。

そして、ついに試合の日が来た。場所は九段坂上の練兵館。時刻は七つ（午後四時）だった。

佐那はこの試合のことを知っていたが、今回はついて行くとは言わなかった。昨日、道場で会ったときに声をかけられ、

「負けてはなりませぬよ」

と、いつになく厳しい目で励まされた。大河は心してかかると応じた。

練兵館に供をしてくれる道三郎と、鎌倉《かまくら》河岸のなかほどにある茶屋で落ち合ったのは、八ツ半（午後三時）頃だった。

「少し早いが相手を待たせては失礼だ。早速まいろう」

道三郎は顔を合わせるなり、茶屋の床几《しょうぎ》から立ち上がった。そのまま大河は道三郎と並んで歩いた。

大河は竹刀といっしょに防具を肩に担いでいた。腕の傷は治っているが、力の入れ加減で痛みが走るのは変わらない。だが、そのことを道三郎に悟られないようにした。

冬間近な空には絹のように細い雲が浮かんでいた。日の光を照り返すお堀では、

真鴨が群れをなして泳いでいた。雉子《きじ》橋をわたり、清水《しみず》門外を素通りし九段坂を上った。

道三郎は少し早すぎるかもしれないと言ってゆっくり歩いた。

「これまで立ち合ってきた誰よりも、斎藤殿は強いかもしれぬ。いや、これまでにない強敵と考えたほうがよいだろう。だが、懸念なかれ。これまでやってきたことを出し切るつもりでやれば、負けはせぬ」

道三郎が顔を向けてくる。大河は心得たという顔でうなずく。

「そう張り詰めた顔をするな」

「そう見えますか？　おれはいたって平静ですよ。どう戦ったらいいか、そのことを考えているだけです。しかし、考えてもわからぬこと。まずは相手の出方を見ようと思います」

大河は言葉どおり、緊張はしていなかった。ただ、不安があるとすれば、片手打ちが通用するかどうかだけである。いざとなれば、腕が壊れてもいいから両手で戦い抜くという開き直りもあった。

「それがよいだろう。臆《おく》することはない」

「そばにこうやって道三郎さんがいるんだ。臆することなどありませんよ」

大河は余裕の笑みを道三郎に向けた。それは正直な気持ちだった。気の置けない仲である道三郎がそばにいるだけで心強いのだ。

旗本屋敷や大名屋敷からのぞく欅《けやき》や銀杏《いちょう》の枯れ葉が、道を被っていた。急に強い風が吹き、近所の木々が揺れ、落ち葉が吹雪のように舞い散った。

練兵館は閑静な武家地の一角にあった。現代の靖国《やすくに》神社のあるあたりだ。道場は玄武館のお玉ヶ池道場よりやや小振りだが、玄関も武者窓の上にある庇《ひさし》も軒端が長く、立派な造りだった。すぐそばには門弟らの寄宿する建物と、当主の住まいである斎藤家の母屋があった。庭には銀杏や欅、榎《えのき》などの高木の他に、楓《かえで》や松などの木がうまく配置されていた。

道場に入ると、すでに門弟らが窓際に並んで座っていた。数は多くない。十人ほどか。

大河と道三郎は玄関に入ると、まずは見所奥に飾ってある鹿島《かしま》香取《とり》の掛け軸に一礼し、道三郎が着到の挨拶《あいさつ》をした。そのとき、見所脇から一人の男があらわれた。窓際に居並んで座っている門弟らが、背筋を伸ばし威儀を正した。

「よくぞ、おいでになった。斎藤歓之助である」

あらわれた男は見所の正面に立って名乗ると、大河と道三郎に上がるようにうながした。

大河は歓之助を素速く観察した。背はさほど高くないが、腕や肩が逞《たくま》しいのが着物の上からでも窺うことができた。練度は相当なものだろう。表情には人を食ったような余裕があり、双眸《そうぼう》は鋭い。

「山本殿は玄武館に入ってさほど長くはないらしいな」

「足かけ四年ほどでしょうか」

大河は答えた。

「ほう、それで大目録をもらったというのはよほどの才があるのだろう。めきめき頭角をあらわしたと聞いている」

歓之助は窓際に座っている門弟を見た。そこに控える者がいる。小柄な男が軽く頭を下げた。

「桂小五郎と申す者だ。長州から昨年やってきたが、一年足らずでわたしの兄新太郎から免許をもらい師範代を務められるほどになった。できれば、その桂とやってもらいたいところだが、わたしが名指しをされている手前引っ込むわけにはいかぬだろう」

大河は短く桂小五郎を見て、歓之助に視線を戻した。ずいぶん驕《おご》り高ぶったことを言う人だと思った。

「では、早速にもはじめようか。道三郎殿、勝負は三番。検分役は桂が務めるがよろしいかな？」

道三郎はご随意にと慇懃《いんぎん》に答え、大河を見てうなずいた。負けてはならぬと、その目が言っていた。

桂小五郎が立ち上がって道場の中央に進み出ると、大河は持参の防具の紐《ひも》をほどいて早速つけにかかった。歓之助は見所の左手前で支度にかかった。

大河は支度を終えると、短く目をつむり、大きく息を吸って吐き出した。不利な戦いだというのはわかっている。だが、勝機はあるはずだ。そのとき、いまは亡き師の秋本佐蔵の言葉が甦《よみがえ》った。

──一足一刀の間《ま》に入ったら、すかさず打ち込め。

──呼吸《いき》を読め。相手に自分の呼吸を気取《けど》られるな。

──相手の隙が見えぬときは、構えを変えろ。

大河は目を開けると、「よしッ」と胸中で気合いを発し、立ち上がった。

遅れて歓之助が出てきた。両者作法どおりの挨拶のあと、小五郎が試合開始の合図をした。

両者、青眼の構え。大河は右腕のことを忘れ、静かに息を吐いて間合いを詰める。

窓際に居並ぶ門弟らが固唾《かたず》を呑《の》んでどんな戦いになるのかと、息を殺している。道場は深い洞窟《どうくつ》のなかにいるように、しーんと静まっている。

大河は足音も立てず前に出る。歓之助も出てくる。

「きえーィ！」

大河が先に仕掛けた。擦り上げ面からの小手打ちである。しかし、決まらない。下がったところを狙いすましたように歓之助の突きが伸びてきた。二段突きである。

大河は横に体をひねりながら歓之助の竹刀をいなし、即座に横面を打った。左手一本の片手打ちであった。

「めーんッ！」

道場内に大河の声がこだました。

「一本！」

小五郎が認めた。歓之助がさっと小五郎を見る。打突《だとつ》が浅かったのではないかと、不平そうな顔をしたが、小五郎は首を横に振って、大河の一本を認めた。

くそッと、歓之助は吐き捨て、竹刀を構え直した。そのまま出てくる。大河は間合いを外すが、追い込むように歓之助は詰めてくる。

歓之助が左踵《かかと》をすっと浮かせた瞬間、突きを送り込んできた。

「おっ、おっ、おー！」

三段突きだった。大河はかろうじてかわしたが、腰が伸びた瞬間を狙われた。

「どーッ！」

歓之助に胴を抜かれた。鮮やかな一本。取られたと思った瞬間。練兵館の門弟らが、「おー」と、感嘆の声を漏らした。

一勝一敗。残るは一番。

大河は隙を窺《うかが》う。歓之助の竹刀の剣尖《けんせん》が大河の喉《のど》を指している。その間合いが詰まる。隙のない詰め。大河は半尺ほどゆっくり後退し、竹刀を青眼から右へ動かした。歓之助の眉《まゆ》がピクッと動く。

さらに大河は竹刀を自分の後方に動かす。右手から力をすっかり抜き、左手一本で打てるようにした。歓之助が詰めてくる。

ツツ、ツツッ……。間合い五尺。表の光を照り返す床がキラッと光った。

その瞬間、歓之助が得意の突きを送り込んできた。袴《はかま》が衣擦《きぬず》れの音を立て風を作ったその刹那《せつな》、大河は右前方へ跳ぶように動き、左手一本の片手打ちで歓之助の頭頂部に一撃を見舞った。

大河の気合いと、竹刀の衝撃音が重なった。二人の体は交叉《こうさ》したあと立ち位置が逆になっていた。

歓之助がハッと焦った顔を振り向けたとき、

「それまでッ！」

と、桂小五郎の声が上がった。

練兵館の門弟らは神妙な顔で黙り込んでいた。

二勝一敗、大河の勝ちである。歓之助は悔しさに口をねじ曲げ、

「山本殿、もう二番やらぬか。どうにも納得できぬ」

と、追加の立ち合いを望んだ。

「武士に二言はないはず。斎藤殿は三番勝負だと、ご自分でおっしゃったのではありませぬか」

大河は竹刀を納めるように下げた。歓之助の眦《まなじり》が吊《つ》りあがり、悔しそうに口がねじ曲げられた。

「……さようであったな」

歓之助は悔しさを拭《ぬぐ》いきれない顔で竹刀を納めた。

「わたしの負けだ。山本大河殿、そなたのこと忘れはせぬ。いずれまた立ち合うこともあろう。そのときを楽しみにしている」

歓之助は剣客らしく潔く引き下がったことを口にしたが、その顔は苦渋に満ちていた。

すでに表は暮れかかっていた。西の空には傾いた日の光を受けた雲が、黄金色や紫紺色に染まっていた。

大河と道三郎は枯れ葉の舞い散る九段坂を下っていた。

「三番取ってほしかったが、見事だった」

しばらく黙って歩いていた道三郎が顔を向けてきた。

「斎藤殿は手強《てごわ》かったです。二本目は油断でしたが、見事に決められました」

「うむ、たしかに〝鬼歓《おにかん》〟と呼ばれるだけの腕があった。さりながら大河、おまえはなぜ片手打ちを……今日はその戦法であった。そうだな」

「……考えたのです。片手打ちは相手の間合いに入ることなく遠間から打つことができます。ただ、それだけのことです」

右腕の状態が悪いことを伏せて言ったが、決して詭弁《きべん》ではなかった。

「さようであったか。とにかくおまえはよくやった」

「道三郎さんの引き立てがあったればこそです」

ほんとうに道三郎には感謝していた。

「いや、おまえが持って生まれた才と鍛錬の賜《たまもの》だ。だが、これに驕ることなく稽古《けいこ》を積み、つぎは玄武館のてっぺんだ。おまえはそうおれに言った。そうだな」

「はい」

大河は暮れに行われる玄武館合同試合に向けた稽古をしなければならない。思いを新たにもう一度一からやるのだと自分に言い聞かせ、

「いずれ道三郎さんとも、栄次郎先生ともさらには重太郎先生ともやってみたいです」

と、口にした。

「それはやめたほうがよい。栄次郎兄もわたしも、指南役という指導する立場だ。教えることはできても、いざ立ち合えば門弟に負けることもある。指導にまわっている分、技量が落ちるのは致し方ない。年を重ねればさらにその力は落ちる。定吉叔父《おじ》然《しか》り、父周作然りだ。そのことをわかってもらわぬと困る」

「そういうものでしょうか……」

「そういうものだ」

大河は思った。おれは指導者となっても、決して技量は落とさぬと。

遠くに見える大名屋敷の甍《いらか》が、雲間から漏れ射す光を照り返していた。大河と道三郎は長くなった自分たちの影を踏むように歩きつづけた。

七

その年、江戸に初雪が降ったのは、十一月の半ばだった。

吐く息は白く、通りを歩く者は背をまるめ、そして急ぎ足になっていた。

練兵館の斎藤歓之助に勝ち越した大河の評判はにわかに高まっていたが、当の本人はそれまでと変わらぬ毎日を送っていた。

鍛冶橋道場での稽古、そして神尾道場と竹熊道場への出稽古《でげいこ》。鬼歓こと斎藤歓之助に勝ったことで、他の道場からも「うちにも来てくれ」と、声がかかったが、大河は断っていた。二つの道場へ出稽古に出ることで暮らしは立つ。それ以上の誘いを受ければ、自分の稽古が疎《おろそ》かになる。

そんな大河にはひそかに渾名《あだな》がつけられていた。

「片手打ちの大河」――。

玄武館入門当初は、「雑巾掛け《ぞうきんが》」と揶揄《やゆ》されたが、いまや誰もが大河に一目を置き、道場に出れば稽古をつけてくれと言う者が増えた。一介の道場の門弟で仕官もしていない、言わば浪人であるが、れっきとした大名家の子弟が頭を下げてくるのだ。同門であれば断るのは失礼になるので相手をするが、自分の稽古は忘れずにつづけていた。

「やあ、山本さん」

声をかけてきた者がいた。しばらく道場を離れていた坂本龍馬だった。

「これはめずらしい。いつ帰ってきた？」

「十日ほど前です」

龍馬はにこにこしている。江戸湾の警備のために品川にある土佐藩邸に詰めていたのだが、その役目を解かれたと言った。

「もっともわたしは山内家のちゃんとした家来ではないですから、もっともなことです。それより、聞きましたよ。練兵館の斎藤歓之助様に勝ったと」

「誰に聞いた？」

「武市さんです。ほら、黒船を見に行ったとき、わたしとお会いしたでしょう。そのときいっしょにいた人です」

大河はすぐに思い出した。武市半平太だ。石山孫六との試合のときも、道場で見物をしていた。

「片手打ちで二本取ったらしいですね」

「たまたま勝てただけだろう。今度やったら負けるかもしれん」

「ご謙遜《けんそん》を。聞いたところ、歓之助様の頭には大きなたん瘤《こぶ》ができ、十日ほど頭痛に悩まされていたらしいですよ。山本さんの打ち込みは強いですからね。片手でも十分な威力があるんですね」

「そうであったか……」

大河は苦々しい顔をしていた歓之助の顔を思い出した。

「ところで、わたしは佐久間先生の教えを受けることにいたしました」

「佐久間先生……」

「佐久間象山先生です。ご存じありませんか？　以前はお玉ヶ池に私塾を持っておられた方です。いまは木挽町に塾をお持ちで、砲術や兵学を教えられています」

そう言われて、大河はぼんやりと佐久間象山を思い出した。浦賀に黒船を見に行ったとき会った人だ。いっしょにいた男は吉田松陰と名乗った。

「学問か。それも砲術と兵学であるか」

大河は学問に対する興味がない。

ときどき佐那や重太郎に、禅を学び、学問も嗜《たしな》んだほうがよいと言われていたが、剣術の腕を上げるのに余念がないためにその余裕がない。

「疎かにはできません。黒船をご覧になったでしょう。あんな船が大挙して日本に押し寄せてきたら一大事です。佐久間先生はそのことを憂え、兵学や砲術の大切さを説かれています。わたしもそう思うのです。山本さん……」

龍馬は急に声をひそめた。

「もはや、なにもかもお上頼みにしていると、この国は清国《しんこく》の二の舞になりますよ」

「清国……」

ぼんやりその国の話は聞いていたが、詳しくは知らなかった。龍馬は清国がイギリスに乗っ取られたと言い、そしてイギリスは日本に攻めてくる。イギリスだけでなくアメリカやロシアも、虎視眈々《こしたんたん》と日本を我が手中にしようと、その機を窺《うかが》っていると言う。

「おぬし、いつそんなことを……」

大河はまじまじと龍馬の顔を眺めた。

「品川藩邸で海岸の警固中にいろんな噂が聞こえてきたんです。こりゃあ、おちおちしておれんなと思いましてね。それで佐久間先生の門をたたくことにしたんです」

「感心なことだろうが、おまえは剣術修行に江戸に来たのではないのか」

「さようです。こんなことを言えば怒られるかもしれませんが、剣術だけでは遅れてしまうと思うのです」

大河は眉宇《びう》をひそめ、にらむように龍馬を見る。

「山本さんに言ったことがあると思いますが、わたしはこの国を動かせる人間にならなければならんのです。そのためにはなんでも吸い取ってやろうと思うちょるんですわ」

お国訛《くになま》りを交えて言った龍馬はにんまりと笑う。

「まあ、それもよいだろうが、この道場にいるときは、稽古《けいこ》を忘れてはならぬ」

「承知しています」

龍馬はぽんと膝《ひざ》をたたいて立ち上がると、そのまま素振りをはじめた。

大河はその様子をしばらく眺めながら、相変わらずの大法螺《おおぼら》吹きだとあきれる思いで苦笑を浮かべた。

そのとき、稽古着姿の佐那が道場にあらわれた。男ばかりのなかに一輪の百合《ゆり》の花が咲くような登場のしかたであった。稽古着は下は紺袴《こんばかま》だが、上は白の小袖《こそで》である。襷《たすき》を掛け鉢巻きをしたその顔は、凜《りん》としていて見惚《みと》れそうになる。

今日は小太刀の稽古をするらしく、短い木刀を手にしていた。いつものように型稽古からはじめた。その動きはいつ見ても流れるように美しい。

大河はその柔らかな動きを身につけたいと思い、どうすればよいかと佐那に訊《たず》ねたことがある。佐那はあっさり答えた。舞いを習えと。そうであったかと納得したが、舞いを習う機会はいまのところなかった。

龍馬は兵学や砲術を習うと言ったが、大河はそのような学問をやるなら、舞いを習うほうが自分に合っていると信じている。

とにかく自分の目ざす地点は、龍馬とは違う。いまや口にすることはないが、自分は剣術家として日本一にならなければならない。なりたい。それが夢であり、いまは亡き父への唯一の恩返しだと信じて疑わない。

汗をぬぐい防具をまとめていると、龍馬が佐那に近づいてなにやら話しかけている。佐那は稽古を中断して応じているが、その顔が嬉《うれ》しそうに微笑んでいる。

（なんだ、あやつ）

大河は龍馬の背中をにらんだ。

そのとき玄関から重太郎があらわれた。

「みんな聞け」

重太郎が声を張ると、稽古をしていた者たちが一斉に動きを止めた。

「暮れの大試合を例年どおり行うことになった。十二月八日の事納めの日である。この試合によって、技量優秀な者には目録を授ける。また、門弟の序列を決める」

門弟の誰もが顔を引き締めた。

「いまここにいない者には、あらためて告げるが、同門の者に会うことがあれば伝えてくれ。試合まで一月もない。みんな、しっかり稽古に励め」

「承知いたしました」

という声があちこちから上がった。

大河は臍下《せいか》に力を入れ、はっと息を吐いた。よし、やってやると目を輝かせ、武者窓の外で降りつづいている雪を眺めた。

（三巻へつづく）

本書は書き下ろしです。

大河《たいが》の剣《けん》（二）

稲葉《いなば》 稔《みのる》

令和2年 11月25日　初版発行

発行者●堀内大示

発行●株式会社KADOKAWA
〒102-8177　東京都千代田区富士見2-13-3
電話　0570-002-301（ナビダイヤル）

角川文庫 22426

印刷所●株式会社KADOKAWA
製本所●株式会社KADOKAWA

表紙画●和田三造

ISBN 978-4-04-108914-9　C0193

角川文庫発刊に際して

角川源義

第二次世界大戦の敗北は、軍事力の敗北であった以上に、私たちの若い文化力の敗退であった。私たちの文化が戦争に対して如何に無力であり、単なるあだ花に過ぎなかったかを、私たちは身を以て体験し痛感した。西洋近代文化の摂取にとって、明治以後八十年の歳月は決して短かすぎたとは言えない。にもかかわらず、近代文化の伝統を確立し、自由な批判と柔軟な良識に富む文化層として自らを形成することに私たちは失敗して来た。そしてこれは、各層への文化の普及滲透を任務とする出版人の責任でもあった。

一九四五年以来、私たちは再び振出しに戻り、第一歩から踏み出すことを余儀なくされた。これは大きな不幸ではあるが、反面、これまでの混沌・未熟・歪曲の中にあった我が国の文化に秩序と確たる基礎を齎らすためには絶好の機会でもある。角川書店は、このような祖国の文化的危機にあたり、微力をも顧みず再建の礎石たるべき抱負と決意とをもって出発したが、ここに創立以来の念願を果すべく角川文庫を発刊する。これまで刊行されたあらゆる全集叢書文庫類の長所と短所とを検討し、古今東西の不朽の典籍を、良心的編集のもとに、廉価に、そして書架にふさわしい美本として、多くのひとびとに提供しようとする。しかし私たちは徒らに百科全書的な知識のジレッタントを作ることを目的とせず、あくまで祖国の文化に秩序と再建への道を示し、この文庫を角川書店の栄ある事業として、今後永久に継続発展せしめ、学芸と教養との殿堂として大成せんことを期したい。多くの読書子の愛情ある忠言と支持とによって、この希望と抱負とを完遂せしめられんことを願う。

一九四九年五月三日